comprato il 12/6/2025
iniziato il 13/6/2025

세계를 건너 너에게

세계를 건너 너

세계를 건너 너에게 갈게

세계를 건너 너에게 갈게

세계를 건너 너에게 갈게

세계를 건너 너에게 갈게

이꽃님

세계를 건너 너에게 갈게

mondadori.it

ISBN 978-88-04-79811-8

Titolo dell'opera originale
세계를 건너 너에게 갈게 by 이꽃님 *I Will Cross Time For You*
I edizione maggio 2025

Lee Kkoch-nim

ATTRAVERSERÒ IL TEMPO PER TE

Traduzione dal coreano
di Luca Bordin

MONDADORI

Nota redazionale
La traslitterazione dei termini e dei nomi coreani è avvenuta seguendo il sistema di latinizzazione riveduta della lingua coreana, adottato ufficialmente in Corea del Sud dal 2000. Alcuni nomi e cognomi, nomi di cibi e di città sono stati invece traslitterati nelle versioni più familiari per i lettori. Inoltre, per nomi e cognomi è stato mantenuto l'ordine coreano, ovvero cognome-nome.

1

A me stessa

Ti sto scrivendo perché papà mi ha detto di farlo.

Dopo aver blaterato per qualche giorno della "cassetta lenta" della posta* eccetera eccetera, oggi finalmente ha detto che saremmo partiti. Sono già abbastanza di cattivo umore perché devo passare il sabato con lui, se poi aggiungiamo il fatto che abbiamo dovuto prendere per forza l'autobus alle due di notte per venire fino a qui... Quanto mi fa incavolare!

Proprio non capisco perché abbia deciso di venire in questo posto lontanissimo quando non sa nemmeno guidare.

Non si è mai comportato così: è come se avesse i giorni contati, ma figurati se muore e si perde il matrimonio che ha aspettato così tanto.

All'improvviso mi ha detto di scrivere 'sta lettera: così, di colpo, mi ha passato un foglio, una busta, mi ha fatto persino sedere a un tavolo separato e mi ha detto di scrivere. Giuro che mi manda fuori di testa. E ora sono qui seduta a scrivere in questo bar molto figo sulla spiaggia. Assurdo. Non ho bisogno di carta da lettere e di un matcha latte mediocre, ma di una macchina fotografica come si deve: vorrei fare delle foto, ma vengono fuori male perché il mio telefono fa schifo.

Ma papà pensa davvero che scrivere una lettera alla me del prossimo anno sia una cosa così entusiasmante? Non ci pos-

* In Corea, in diversi luoghi turistici ci sono alcune cassette postali "lente": le lettere e le cartoline imbucate vengono spedite un anno dopo. (*NdT*)

so credere, davvero. Anche se la scrivo, cosa mai potrà cambiare? Lo sto facendo perché tra un anno, nel caso mi ritrovassi a leggerla, potrei non ricordarmi come mi sentivo in questo momento, ma resto dell'idea che spedire una lettera a me stessa sia la cosa più stupida del mondo. Ma cosa posso farci? Visto che devo scrivere, scriverò qualcosa. Il braccio mi fa male da morire. :-(

Mi ha appena fatto cenno con la mano. Papà mi ha fatto "ciao" con la mano! Ma perché cavolo si comporta così? Ha mangiato qualcosa che gli ha fatto male? Troppo imbarazzante, davvero.

E se gli mandassi un messaggio?

"Fai finta di non conoscermi."

No, questo no, chissà cosa mi direbbe poi.

Magari: "Sono impegnata a scrivere, non interrompermi!".

Così forse capirà l'antifona, no?

Ultimamente sembra sempre che scoppi di felicità. E perché non dovrebbe? Da quando si è preso una sbandata per "quella là" se ne va in giro sorridente come un mezzo pazzo. No, ma dico, a quarantaquattro anni non è troppo tardi per iniziare una nuova vita? Continua a vivere come hai sempre fatto e basta, che ti sposi a fare?

Non importa quante volte mi dica che una volta compiuti vent'anni dovrei sposarmi, o che poi è troppo tardi, o che alla mia età ho assolutamente bisogno di mia madre. Mi entra da un orecchio e mi esce dall'altro. E poi è vissuto senza di lei per quindici anni, perché improvvisamente se ne viene fuori con mamma? Sono tutte scuse inutili, solo perché non vede l'ora di sposarsi.

In momenti del genere provo rancore verso mia mamma, ed è una cosa un po' ironica, a pensarci. Nonostante non sappia praticamente nulla di lei, provo questo risentimento. Che poi, ogni volta che gli ho chiesto di lei, papà ha tenuto le labbra sigillate e ora se ne viene fuori che ho bisogno della sua presenza e tutte le stupidaggini.

Mi sembra quasi che si sia costruito un personaggio. Da un po' di tempo a questa parte, a fine anno facciamo sempre un viaggio: è come se facesse il *cosplay* del padre premuroso. Quella là vuole che il marito vada, almeno apparentemente, d'amore e d'accordo con la figlia, ne sono sicura.

Ah… solo il pensiero mi fa innervosire. Guarda sempre gli altri come se volesse incenerirli e indossa quel sorriso falso solo quando c'è anche papà, è proprio una psicopatica. E una donna del genere sarà la mia futura matrigna?

Mi sento uno schifo. Ora capisco perché le persone usano questa espressione. Come quando stringi tra le mani una caramella o una cosa dolce troppo a lungo e ti rimangono tutte appiccicose: se non te le lavi ti si attaccano tutti i pelucchi e la sporcizia varia, ma anche se provi a pulirtele con un fazzoletto o a lavarle col sapone è tutto inutile, perché quella sensazione appiccicaticcia e schifosa non se ne va. Ecco, in questo momento mi sento proprio così. Vorrei lavarmi l'umore col sapone. Il problema è che mio padre, colui che mi ha messo tra le mani questo ammasso di caramelle appiccicose, non se ne rende conto, perché è là da solo a gustarsi una caramella molto dolce. Già… anche lui dev'essere diventato più dolce, ecco perché ora beve caffè macchiato al caramello mentre prima beveva solo l'americano.

Quando riceverò questa lettera, tutto sarà cambiato, perché tra me e loro due ci sarà un muro indistruttibile. Non so come cambierà quella là nel frattempo, ma non farti ingannare, tu la odi! Se anche dovesse comportarsi da madre con lo stesso atteggiamento ambiguo con cui ha intortato papà, non devi assolutamente cascarci.

Continua zitta zitta a fare le cose come da programma: tieni duro per un anno e poi, quando riceverai questa lettera, posa il telefono sulla scrivania, prendi lo zaino e vai via serenamente. Spero che tra un anno non avrai cambiato idea.

2/1/2016
Alla me del prossimo anno,
dalla me di un anno fa

2

Alla ragazza ~~strana~~

Ciao!

La lettera che ti sei mandata è arrivata a casa nostra. Mamma mi ha detto che non va bene leggere la posta degli altri così, senza pensarci, ma io pensavo veramente che la lettera era per me. Se sulla busta scrivevi "a me stessa" come hai scritto sul foglio non avrei capito male, ma siccome hai scritto "a Eunyu" mi sono confusa, perché anche io mi chiamo Eunyu!

Quando ho finito di leggerla l'ho subito fatta vedere alla mamma. Forse ti arrabbierai perché l'ho fatta vedere a un'altra persona, ma pazienza. La tua lettera è davvero strana!

Mia mamma dice che forse sei pazza ~~e magari una spia~~, perché ci sono un sacco di parole strane. Secondo lei una figlia non può scrivere una lettera dove insulta il papà, e dice che se hai anche pensato di scappare da casa vuol dire che sicuramente sei fuori di testa. E mia ~~mama~~ mamma dice che dire le parolacce ai genitori è come sputare quando sei sdraiato. Se sei sdraiato e fai *puah* e sputi la saliva ti cade in faccia, no?

Lo dico solo a te, ma volevo vedere se era davvero come diceva mamma, così ho provato a sputare da sdraiata. Pensavo che se sputavo un po' di fianco la saliva finiva da un'altra parte, invece mi è proprio finita in faccia e mi sono spaventata. Siccome lo sputo mi è caduto in faccia mi sono sentita uno schifo, come hai detto tu.

~~Mama~~ mamma dice che non esiste una "cassetta lenta" della posta, e nemmeno lettere che arrivano un anno dopo. Tutti vogliono che la posta arrivi in fretta, tu perché vuoi che arriva lenta? Secondo me mamma ha ragione.

Sei pazza, per caso? O sei una spia?

Mamma dice che siccome sei matta non devo assolutamente risponderti, però siccome sono preoccupata ti scrivo lo stesso. Hai detto che tuo papà si sposa di nuovo, quindi sei molto triste, vero? Se sei tanto triste puoi venire a cercarmi alla scuola nazionale Jin Ha, terzo anno, sezione 1.

Poi volevo chiederti, cos'è un "bar"? Puoi spiegarmi anche cosa sono il macchiato al caramello e l'americano, per favore? Se è la lingua segreta delle spie puoi non dirmelo, non fa niente, non voglio che la polizia ti arresta.

Ah, sì! Stavo per dimenticarmelo, non siamo nel 2016 ma nel 1982. Mamma ha detto che il motivo principale per cui ha pensato che sei ~~pazza~~ un po' matta è perché hai scritto una data strana.

Ora sto facendo finta di dormire e sto scrivendo questa lettera di nascosto. I miei amici dicono che da quando non c'è più il coprifuoco ci sono dei matti che ogni notte girano per il quartiere, però dicono che prima non erano pazzi. Dicono che sono diventati matti perché la polizia li ha portati via e li ha torturati e che la polizia andava in giro ogni notte per cercare persone da torturare. Per questo dicono che non bisogna stare svegli di notte...

Spero che tu non sei pazza, perché abbiamo lo stesso nome e se penso che una persona che si chiama come me è pazza divento triste.

Per farti forza ti mando i miei preziosi cinquecento *won*. Hai visto i cinquecento *won* che sono appena usciti? Sicuramente se li vedi capisci, la moneta da cinquecento *won* è più grande di quelle da cento e da dieci, e c'è anche una gru molto carina disegnata sopra. Non sai com'ero contenta la prima volta che li ho ricevuti. Non pensavo che potevano fare una moneta così grande e brillante. Papà ha detto che è una moneta portafortuna e me l'ha data apposta. Spero che porterà fortuna anche a te.

Allora, stammi bene.

6/7/1982

Da parte di Eunyu

3

Alla bambina delle elementari

Ehi, e tu chi sei? Come hai avuto la mia lettera? Non dirmi cavolate del tipo che hanno sbagliato a consegnarla o cose del genere, e di' la verità.

Sono certa di averla imbucata nella "cassetta lenta", e sarebbe dovuta arrivare a me tra un anno esatto, com'è possibile che tu l'abbia ricevuta in due settimane? Per di più i nostri indirizzi sono completamente diversi! Devi averla rubata in qualche modo dalla cassetta, ma non la passerai liscia, chiamerò le poste e ti beccherò, stanne certa. Non sai che leggere la posta altrui è reato? Non penserai mica di uscirtene con la scusa che una bambina delle elementari non può saperlo, vero? Invece di rubare lettere, usa il tuo tempo per studiare di più: anche solo dando un'occhiata veloce alla grammatica e all'ortografia è palese che a scuola sei scarsa.

Ci sono almeno un centinaio di cose che provano che la tua lettera sia tutta una menzogna, sai? Credevi davvero che dicendomi che è il 1982 e mandandomi una moneta da cinquecento *won* appena coniata avrei pensato cose del tipo: "*Wow*, viene davvero dal passato, che figo!"?

Se mi mettessi a cercare nel mio portafoglio troverei monete ben più vecchie di quella. Hai detto che frequenti la terza elementare alla Jin Ha, vero? Pubblicherò subito un post sulla homepage della scuola, aspetta e vedrai!

4
Alla bambina delle elementari (di nuovo)

... Ehm, non so bene che cosa stia succedendo, ma ho provato a cercare la scuola nazionale Jin Ha su internet ed è venuto fuori "scuola elementare Jin Ha". Pensavo che con "scuola nazionale" ti riferissi tipo a una scuola dove si studiano le lingue straniere o cose così, non potevo certo immaginare che fosse quell'espressione che si usava una volta.* Dopotutto potresti esserti inventata tutto, non è così difficile scegliere il nome di una scuola a caso, no?

Però c'è qualcosa su cui non sono riuscita a passare oltre: dopo aver cercato su internet ho scoperto che la moneta da cinquecento *won* è stata effettivamente coniata per la prima volta nel 1982, proprio come avevi scritto nella lettera. Non ci sono monete da cinquecento più vecchie, è vero, te ne do atto. E quello che ho scritto sul riuscire a trovare quelle monete nel mio portafoglio... dimenticalo.

Sono entrata nella homepage del servizio postale lento e ho postato una domanda, ma mi hanno risposto che nemmeno Arsenio Lupin riuscirebbe a rubare una lettera, figurati un bambino, e hanno aggiunto che nella fessura della cassetta ci passa al massimo un dito, che le lettere sono sotto chiave e conservate con estrema cura per poi essere spedite esattamente un anno dopo.

* Fino agli anni Novanta, in Corea la scuola elementare veniva chiamata "scuola nazionale". (*NdT*)

Ah, che imbarazzo.

Se le cose stanno davvero così, cos'è tutta 'sta storia? Come hai fatto a leggere la mia lettera?

Vorresti farmi credere che la mia lettera, una volta imbucata nella cassetta lenta, è stata consegnata a te nel 1982 e la tua risposta a me nel 2016?

Ma dai, di' cose sensate!

Chi diavolo sei? E perché mi stai facendo uno scherzo del genere?

Per quanto mi sforzi a pensarci, tutto ciò non ha nessuna logica. Non ho alcuna intenzione di stare a uno scherzo così di cattivo gusto, sappilo!

P.S. Questo genere di scherzi non è per niente divertente, sai? Non so chi tu sia, ma smettila!

5
A Eunyu

Ciao,

mentre cercavo insetti come compito delle vacanze ho ricevuto la tua lettera, e non sai quanto mi ha sorpreso. Ho gridato così forte che le cicale dentro al barattolo si sono spaventate e si sono messe a cantare. Non ho potuto trattenermi, non mi aspettavo che arrivava la risposta a una lettera scritta tanto tanto tempo fa. Mi ero completamente dimenticata di te. Non sai quanto mi sono pentita di averti scritto quella lettera. Sai quanto mi ha sgridato mamma perché ho mandato cinquecento *won* a una sconosciuta? Spero che me li ridai, come si fa a portare via dei soldi così a una bambina?

Quando ti ho mandato la lettera ho pregato e pregato ogni giorno per un mese, pregavo che arrivava la tua risposta. Come puoi rispondermi ora dopo che hai fatto finta di niente per quasi due anni? E oltre a quello dici anche che sono una ladra di lettere!

Ho delle cose da dirti, anche se forse non mi restituisci i soldi dopo che le leggerai.

Sei ancora pazza? Cos'è internet? E cos'è la scuola elementare? E poi non voglio più sentire parlare della posta lenta.

Ascoltami bene: ora siamo nel 1984. Ti prego, riprenditi! Come è possibile che da due anni fa a ora sei sempre nel 2016? Vuoi dire che anche tra cento anni dirai che è il 2016?

Mi spiace, ma non sono la stessa persona di due anni fa, lì ero ingenua e mi sono preoccupata per te, ma ora non più. Ora ho già undici anni, capisco subito se una cosa è vera o falsa.

Conosci Uri Geller? Quello che ha i superpoteri e piega i cucchiai o sposta gli oggetti con la telecinesi? Anche nella mia classe ci sono dei bambini che dicono di avere i poteri come lui, e pensano che se fanno più pratica anche loro possono spostare gli oggetti o teletrasportarsi. Non penserai mica anche tu come loro di avere i superpoteri e di poter viaggiare nel tempo.

La maestra ha detto che Uri Geller è un truffatore e che i superpoteri sono tutti trucchi che fanno i prestigiatori.

Anche tu stai facendo tipo un trucco di magia? O forse sei stata troppo vicina alla stufa e hai respirato troppo gas e sei impazzita? Se è per il gas, bevi un po' di brodo di *kimchi*.

Comunque, se mi restituisci la moneta farò finta che non ci siamo mai scritte nessuna lettera, non dirò nulla nemmeno a mamma e papà.

8/8/1984
Da Eunyu, che spera che gli restituisci
i cinquecento *won*

6

Alla bambina che vive nel passato

"Assurdo. Ho la pelle d'oca.

La tua lettera viene davvero dal passato? Vivi davvero negli anni Ottanta e non nel 2016?

Wow, com'è possibile che una cosa del genere stia capitando a me..."

Pensavi davvero che avrei detto cose del genere? Chi stai cercando di fregare?

Pensi davvero che io stia a uno scherzo così stupido? Se ti becco non la passi liscia, davvero.

7

Alla bambina che vive nel passato (di nuovo)

Un momento, un momento.

Qualcosa non mi torna. Per quanto mi sforzi di convincermi che sia solo uno scherzo di una sconosciuta e che mi sia capitato per caso, continua a non avere senso.

Ho provato, con calma, a mettere un po' d'ordine in tutta questa storia, sai?

La prima spiegazione è che abbiano sbagliato a consegnare la mia lettera: tu non l'hai mai ricevuta e la tua lettera non era indirizzata a me. Ma tu sapevi bene il contenuto della mia lettera, e questo manda in *crash* il sistema. Come diavolo hai fatto a leggerla? Quel giorno nessuno, a parte mio padre, sapeva che la stavo scrivendo, e nemmeno lui ne conosceva il contenuto!

La seconda è che sono vittima di un tuo scherzo, ma ci sono due motivi per i quali non ha senso: il primo l'ho già detto prima, ovvero il fatto che tu sia a conoscenza di ciò che ho scritto, il secondo è per via dell'indirizzo. Il *tuo* indirizzo, intendo: ho provato a verificarlo su internet, ma risulta che non esiste più a Seul. Una volta lì c'erano effettivamente solo case, ma per via della riqualificazione hanno costruito uno stradone, quindi come avrebbero potuto consegnarti la mia lettera?

Quindi tu avresti cercato un vecchio indirizzo, l'anno in cui hanno coniato la moneta da cinquecento *won* e vecchi modi di dire, e avresti fatto apposta quegli errori grammaticali solo per fregarmi? Perché? Cosa ci guadagni?

Anche volendo essere cento volte più comprensiva, nonostante non abbia senso, ammettiamo pure che l'ordine dell'universo si sia capovolto all'improvviso e la mia lettera sia finita a te, ma tu come hai fatto a spedirne una a me, se dici di vivere negli anni Ottanta?

Va bene, proviamo a rifletterci ancora una volta. Non c'è dubbio che io e te ci stiamo mandando delle lettere, ma tu affermi di vivere negli anni Ottanta. Ciò significa che se nessuna di noi due sta mentendo ci sta capitando davvero qualcosa di straordinario... come una specie di viaggio nel tempo che attraversa passato e futuro... Dici che è una cosa così?

Non può essere.

Giuro che sono seria. Non è una bugia o uno scherzo, giuro sulla mia vita. No, davvero, su questa vita e la prossima. Sono lucidissima, qui siamo nel 2016 e io ho sempre quindici anni.

Dimmi, tu puoi davvero giurare?

Se per qualsiasi motivo mi stai mentendo, adesso smettila, per favore.

Ora mi tremano le mani e sono troppo agitata, quindi mi sa che dovrò riprendere a scrivere più tardi.

Per quanto provi a rilassarmi, l'agitazione non se ne va. Innanzitutto, puoi leggere questa mia lettera e rispondermi, per favore? Così potrò rifletterci su ancora un po'.

I cinquecento *won* che mi hai chiesto li tengo io, non si sa mai. Forse penserai che sono una ladra, quindi per provarti la mia innocenza ti mando mille *won*.

Rispondimi in fretta, per favore.

4/2/2016

Da Eunyu, a cui sta scoppiando la testa

8

Alla ragazza inquietante

Ancora una tua lettera? Non capisco davvero che cosa vuoi ancora da me, perché diavolo mi infastidisci così tanto?

Hai detto che non sai come faccio a mandarti le lettere, giusto?

Ascolta bene che te lo spiego.

Prima scrivo la lettera, poi la metto nella cassetta rossa della posta e il postino te la porta a casa. Hai capito? Lo sanno anche i bambini, eh.

Già si muore di caldo, perché continui a scrivermi cose assurde?

Dici che devo smetterla di scherzare, ma prova a chiedere a chiunque se menti tu che dici di essere nel 2016 o io che dico che siamo nel 1985. E perché non mi hai mandato la moneta come ti ho chiesto? Non so quanto potrai tirare a campare con i miei cinquecento *won*, ma staremo a vedere! Voglio proprio vedere se riesci a rimanere indifferente dopo che ti sei portata via i miei soldi!

Grazie per avermi mandato mille *won*, davvero. Scoppio di gratitudine, me ne hai dati ben il doppio.

Dio mio, pensavi davvero che avrei creduto che questo pezzo di carta fossero mille *won*? Non so se tu li abbia falsificati, ma nel caso avresti dovuto farli meglio. Non sono soldi giocattolo, però la grandezza, persino il colore e la carta sono diversi, vorresti farmi credere che sono mille *won*?

Te lo ripeto un'altra volta, non ho la minima voglia di scherzare con te. Sono seria, per colpa delle tue lettere anche io sto andando fuori di testa.

Adesso basta, ridammi i miei cinquecento *won*. Te lo chiedo per favore.

Tu sarai anche ancora nel 2016, ma qui ora siamo nel 1985. Oggi è sicuramente il 30 agosto 1985 ti dico! Ti prego, torna in te! E riprenditi questi strani mille *won*.

30/8/1985
Da Eunyu, a cui fai un po' pena

9

A te, che sei fortunata

Oddio. Oh, mio Dio. Aspetta! Non smettere di leggere e ascoltami, perché questa mia lettera potrebbe sconvolgerti la vita.

Hai davvero imbucato la lettera in una cassetta normale? Non una cassetta speciale ma proprio una di quelle rosse che ci sono per la strada, giusto? Anche perché non ci sono cassette speciali, no?

Vuoi dirmi che la mia lettera è stata davvero recapitata a quell'indirizzo che ora non esiste più? L'hai veramente ricevuta nel passato? *Wow*, ho la pelle d'oca, davvero.

Innanzitutto voglio scusarmi: mi spiace, mi sono sbagliata. Dopo aver riflettuto sulle lettere che ci siamo scambiate ho capito che era ovvio che mi avresti fraintesa, perché non c'era nulla che provasse che vivo davvero nel 2016, se non la mia parola.

Per prima cosa, ho deciso di credere che tu vivi veramente nel 1985. Ho cercato su internet le banconote da mille *won* degli anni Ottanta e ho scoperto che effettivamente rispetto a quelle che si usano ora erano molto più grandi e di colore diverso. È naturale che tu abbia pensato che le avessi falsificate.

Grazie al fatto che ti sei arrabbiata le mie certezze si sono rafforzate: se tu ti stessi prendendo gioco di me non mi avresti restituito i soldi, no?

Ma non sono falsi, si usano nel futuro, in questo mondo in cui vivo io. E, per tua informazione, le banconote da mille *won* sono cambiate nel 2007. Praticamente significa che hai visto coi tuoi occhi i mille *won* del futuro. Non è una figata?

Siccome temo che tu non mi creda, ho messo insieme un

po' di prove. A proposito, lo sapevi? Ogni volta che ti spedisco una lettera, se arriva in fretta, da te passa un anno, se non due, ma da me passano al massimo alcune settimane. Sembra che nel presente e nel passato il tempo scorra diversamente.

Dato che hai detto di vivere nel 1985, ti dirò cosa succederà successivamente, e se ciò che ti dico si rivelerà esatto dovrai credere a quello che ci sta succedendo, ovvero al fatto che io vivo nel futuro e che noi due **stiamo interconnettendo passato e futuro**.

Nel 1986, prima dell'inizio della cerimonia di apertura degli Asian Games, c'è stato un attentato terroristico all'aeroporto di Gimpo. Se per qualche motivo devi andare in aeroporto, farai meglio a rimandare.

Nel 1987 Roh Taewoo è stato eletto presidente. Spero non sia una notizia troppo terribile per te.

Il 1988 è l'anno delle Olimpiadi di Seul, lo sai anche tu, no? Nel luglio dell'88 c'è stato un incidente al notiziario, una vera figata. Al notiziario della MBC un signore è saltato fuori dicendo: "Ho una cimice nell'orecchio!". Fuori di testa ahahah ed era anche in diretta ahah.

Alle Olimpiadi di Seul dell'88, il vincitore dei cento metri piani Ben Johnson è stato beccato a fare uso di droghe. Praticamente il test antidoping ha rivelato che era arrivato primo grazie all'assunzione di sostanze stimolanti, no? Non so come abbia fatto a drogarsi alle Olimpiadi, ma ovviamente è stato squalificato e gli hanno tolto la medaglia d'oro.

Wow, davvero mi sono messa a studiare storia contemporanea? L'ordine dell'universo dev'essersi proprio capovolto, anche se non è poi tutta 'sta gran cosa in confronto al fatto che mi stanno arrivando lettere dal passato.

E poi, in realtà, tutte queste cose non sono poi così importanti. Ciò che è davvero importante è che nel 1988 sono nati

G-DRAGON e Im Siwan, ovvio. Se fossi in te cercherei in fretta G-DRAGON e ci farei amicizia, anche solo per un giorno, perché fidati, non te ne pentirai. Anche se i BTS sono meglio, ma va be'.

Tutte 'ste cose le ho trovate sull'enciclopedia online, quindi sono vere! E un'altra cosa ancora più certa è che dato che io sono nel futuro, posso dirti più cose sul mondo in cui vivi tu.

C'è una persona famosa che ti piace? Non devi fare altro che dirmi il nome e cercherò tutto ciò che riguarda il suo futuro.

Siccome non credo che tu ti renda conto della tua situazione, te la spiego io: sei stata baciata dalla fortuna. Voglio dire che potresti diventare una persona ancora più famosa di Uri Geller! Ovviamente se non ci fossi io sarebbe impossibile, per questo faresti meglio a sentirti onorata di aver avuto una tale fortuna (cioè conoscere me) e a trattarmi con più gentilezza.

Aspetterò una tua risposta.

Spero non ci vorrà troppo.

18/2/2016
Eunyu, dal futuro

10
A Eunyu, che si trova in un posto incredibile

Il cuore mi sta battendo fortissimo. Perché mi stai facendo questo? Pensavo davvero che fossi pazza e la prima volta ti ho risposto perché mi facevi pena, la seconda perché mi dispiaceva aver perso la mia moneta portafortuna e quella dopo perché ero arrabbiata.

Questa volta, quando è arrivata la tua lettera, avevo deciso di smettere, sai? Di non rispondere a un'altra lettera insignificante.

Quindi perché ti ho risposto? Perché oggi mentre guardavo la tv hanno detto la stessa cosa che hai scritto tu: all'aeroporto di Gimpo c'è stato un attentato e sono morte cinque persone. Sai che urlo ho piantato quando l'ho sentito?

Mi stai davvero mandando delle lettere dal futuro?

E sai davvero cosa succederà più avanti?

Mi sento davvero strana, tipo come se stessi sognando o stessi avendo delle allucinazioni.

Una lettera venuta dal futuro!? E staremmo interconnettendo il mondo del passato e quello del futuro!? Queste cose succedono nei manga, non possono succedere a me, no? Se tutto ciò fosse davvero possibile allora dovrebbe esistere anche *Mechander Robo*, no?

Più ci penso, più mi batte forte il cuore e ho paura da morire. Quando sono andata per la prima volta al 63 Building, siccome eravamo tanto in alto e avevo paura che il grattacielo crollasse, le gambe mi tremavano, sai? Rispetto a quella volta ora mi tremano cento, anzi no, mille volte di più.

Onestamente non sono sicura di riuscire a credere completamente a quello che mi hai detto, dopotutto potresti essere una ciarlatana.

Dopo averci rimuginato a lungo ho pensato che dovevo assolutamente provare a telefonarti, e ho persino cercato sull'elenco telefonico una persona col mio stesso nome e l'ho chiamata! Solo quando mamma mi ha sgridata per la bolletta del telefono troppo alta ho realizzato che sull'elenco telefonico ci sono solo nomi di adulti.

Che posso fare? Io davvero non ci capisco più nulla. Mi sento una stupida.

Rispondimi.

14/9/1986
Eunyu, dal passato

11

A te, che stai affrontando qualcosa di straordinario

Ciao. So bene come ti senti, perché mi sento allo stesso modo, sai?

Non credo tu possa immaginare quanto io sia stata in ansia mentre aspettavo la tua lettera: ho controllato e ricontrollato ogni giorno la cassetta delle lettere e sono stata tutto il tempo col naso incollato al cellulare setacciando internet per vedere se ci fosse qualcun altro che si era ritrovato nella mia stessa situazione.

Adesso anche tu credi che vivo nel futuro, vero?

In realtà nemmeno io so cosa sarebbe meglio fare. Chissà perché nessuno su internet spiega tipo "come gestire un evento impossibile da credere" o cose del genere. Ho provato a cercare, ma non viene fuori nulla.

Per quanto ne so, questa potrebbe persino essere l'occasione della mia vita. E se me ne stessi con le mani in mano e a un certo punto, *puff*, la perdessi? Che potrei fare? Sento le farfalle nello stomaco così intensamente che mi sembra di impazzire.

Non so come andranno le cose, ma ciò che importa è che tutto questo ci sta succedendo davvero.

Sì, in qualche modo potremmo ribaltare il mondo. Pensaci: una di noi sa tutto ciò che succederà nel futuro e perciò può cambiare il passato. Se uniamo le forze non c'è niente che non potremmo fare. Non mi stupirei se riuscissimo a cambiare la storia.

Che te ne pare? Un'indovina super famosa e una grande profeta che lasceranno un segno nella storia della Corea. Se tu cambiassi la storia potrebbero persino fare un film ispirato a noi, no?? Sono elettrizzata solo al pensiero.

Intanto, se vogliamo cambiare il mondo, ho pensato che tu dovessi sapere ciò che succederà d'ora in avanti nella tua epoca, quindi ho cercato tutto su internet e te l'ho scritto dettagliatamente. Ho messo tutto sul retro della lettera, dagli un'occhiata e controlla se ci sono degli eventi che secondo te vale la pena cambiare.

Spero che per quando arriverà la tua risposta la storia sarà già cambiata.

09/3/2016
Eunyu, dal futuro

12

Alla ragazza del futuro

Sono un po' in ritardo, ma buon Natale!

Sto aspettando la neve. Il cielo si è annuvolato sempre di più da stamattina, ma la neve prevista non è ancora arrivata e il cielo è rimasto semplicemente grigio tutto il giorno. D'inverno normalmente dovrebbe nevicare fitto fitto – è così bello! –, anche se effettivamente è meglio ora rispetto a quando si ghiacciano le strade. Portare fuori i bricchetti del camino nel vicolo non è mica facile, sai? E ogni volta mia mamma chiama sempre e solo me per farlo.

Partendo dai convenevoli, non sto per niente bene. Ah, giusto, mi stavo dimenticando di dirtelo, dopodomani compio sedici anni.

Quando ti arriverà la mia lettera sarò già più grande di te, mi fa strano. Siamo diventate amiche a fatica e ora sono già più vecchia.

In ogni caso, ti dico cosa mi è successo e perché non sono riuscita a stare un attimo in pace.

Tu hai detto di non sapere bene cosa fare, né come, riguardo a quello che ci sta succedendo, ma io sì. Sono piena zeppa di cose che devo, che posso e che voglio fare una volta venuta a conoscenza del futuro.

Riguardo alle cose che mi avevi scritto nella lettera: dato che sapevo già di tutti quegli avvenimenti, a casa e a scuola tutti mi guardavano con gli occhi sbarrati ed erano tipo "oh, mio Dio". Non è che sono diventata un'indovina come hai scritto tu, ma effettivamente, se devo essere sincera, ho fatto un po' finta di esserlo.

Quando mi chiedevano "ma come fai a saperlo?" rispondevo tipo "quando dormo vedo il futuro".

All'inizio l'ho fatto perché era divertente, mi facevano ridere l'espressione e la reazione della gente che ci rimaneva di sasso, ma non avrei mai potuto immaginare che sarebbe diventato qualcosa di così grande.

Si stavano avvicinando le elezioni presidenziali. Mio papà diceva che non gli importava chi sarebbe diventato presidente, bastava che non fosse Roh Taewoo. Avevo capito che mamma sperava venisse eletto Kim Daejung.

Durante l'estate sono successe un sacco di cose, lo sai, no? Gli studenti sono scesi nelle strade a protestare e la polizia ha usato il gas lacrimogeno per fermarli. Hanno detto che gli pizzicavano gli occhi, il naso, la gola, tutto il corpo. Un mio amico è andato a Jongno e ha respirato il gas e ha detto che gli prudeva persino il buco del sedere.

Gli studenti hanno protestato anche altre volte in passato, ma quest'anno è stato completamente diverso: uno studente particolarmente brillante è morto dopo essere stato torturato. Ti dico, da quel giorno l'espressione della gente è cambiata.

Anche gli adulti, che quando vedevano gli studenti universitari protestare schioccavano la lingua in segno di dissenso, hanno cambiato atteggiamento. Ora sono arrabbiati perché nemmeno in tempo di guerra le cose erano così, persino gli impiegati in giacca e cravatta sono scesi in strada!

Non so dove questa gente trovi il coraggio. A me i poliziotti fanno paura anche solo a vederli fermi in piedi. Anche se sento solo l'odore del gas lacrimogeno da lontano mi viene la tachicardia.

Ecco perché quando ho detto che Roh Taewoo sarebbe diventato presidente non c'è stata una singola persona che mi abbia creduto.

«Ti dico che è così! Roh Taewoo diventerà presidente, l'ho visto in un sogno!»

«Ancora! Ancora con queste fesserie. Forza, torna in camera e studia!»

Quando l'ho detto a mia madre mi ha rimproverato dicendomi di studiare, mentre mio padre è rimasto totalmente indifferente.

Com'è andata a finire? Ovviamente Roh Taewoo è diventato presidente e mamma e papà sono rimasti scioccati.

Tutto è cominciato da qui.

«Eunyu, devi essere sincera con me. Non ti sgrido, quindi puoi parlare sinceramente» mi ha detto mia madre, con una faccia serissima, quando sono tornata da scuola, prendendomi e trascinandomi per un braccio. «Quando hai detto che avevi visto delle cose nei tuoi sogni, non dicevi sul serio, vero?»

Era davvero preoccupata, e non mi dispiaceva vederle quell'espressione in viso, perché per una volta mia madre, che mi tormentava continuamente dicendomi di studiare, era preoccupata per me.

«Mamma, sai mantenere un segreto? Non puoi dirlo a nessuno.»

«Va bene, non lo dico a nessuno, su, sii sincera.»

«In realtà... non le vedo nei sogni, ricevo delle lettere.»

«Delle lettere?»

«Sì. Mi arrivano delle lettere dal futuro, sai? Ti ricordi, no? Quando avevo dieci anni mi era arrivata una lettera da una bambina che aveva il mio stesso nome.»

Alla fine della frase mia mamma ha strizzato gli occhi, doveva essere davvero scossa.

Ho indovinato chi sarebbe diventato presidente, no? E, oltre a questo, tutte le cose che mi hai scritto poi si sono rivelate corrette, una dopo l'altra, anche solo l'attentato di cui hanno parlato al telegiornale.

I problemi sono iniziati proprio da qui.

Hanno cominciato ad appendere amuleti ovunque nella mia stanza, e ieri ho scoperto che mi hanno persino messo un coltello sotto il cuscino! Un coltello avvolto in un panno come amuleto! Pensi che sia finita qui? Oggi una sciamana ha fatto un esorcismo nel nostro giardino. Non so, probabilmente pensava che fossi posseduta, e quando le ho detto che non era così e che ricevevo davvero delle lettere dal futuro, quella sciamana, che sembrava una specie di spettro, mi ha tirato addosso dei fagioli rossi! (Esci da questo corpo, demone!)

Sai quanto sono duri i fagioli rossi? La pelle mi brucia ancora.

Che io sia maledetta se mai dirò di nuovo a qualcuno delle nostre lettere. D'ora in poi non dirò una sillaba su questa faccenda del futuro.

Cambiare la storia, dici?

Ah, per carità! Siamo a posto, davvero meraviglioso.

~~27/12/1987~~
~~Eunyu~~

Proprio quando stavo per imbucare la lettera ho realizzato una cosa terrificante.

Se nel mondo in cui vivi tu è il 2016... no, allora non può essere! Non può assolutamente essere così!

Ho sentito che nel 1999 la Terra collasserà! Un famosissimo profeta, Nostradamus, ha detto che nel luglio del 1999 il mondo finirà. Sono certa di averlo letto su una rivista. Ma se ciò che dici è vero, significa che la Terra non è implosa nel 1999, anzi sta continuando a girare perfettamente intatta! O perlomeno lo ha fatto fino al 2016!

Non so che fare, ora. Sono riversa sulla scrivania e vorrei strapparmi i capelli.

Oddio, ma che diavolo ho fatto? Lo racconto solo a te, quindi non puoi farne parola con nessuno. Mai e poi mai. Anche se vivi nel futuro, anche se nel tuo mondo nessuno mi conosce.

Io, ecco, ho detto a Jeongsu che mi piace. Mi sono fatta tanto coraggio e mi sono dichiarata, ti dico!

Sai quant'è popolare quel ragazzo? Tutti i ragazzi che vale la pena conoscere lo conoscono. Alcune ragazze, per vederlo, si alzano prestissimo e prendono il bus con lui. Anche se la loro scuola è completamente da un'altra parte, sacrificano del sonno prezioso e spendono addirittura più soldi per il biglietto solo per quel ragazzo.

La cosa terribile è che Jeongsu mi ha rifiutata di brutto. Dice che non ha tempo per uscire con me perché deve studiare. È tutta colpa della neve. Dicono che quando arriva la neve a Natale arriva anche il tuo primo amore, ma dato che non si è visto nemmeno un fiocco era impossibile che le cose andassero per il verso giusto, no?

Sai quant'è stato imbarazzante quando mi ha respinta? Con tutto quell'imbarazzo l'implosione della Terra era il mio unico raggio di speranza! Dopotutto tiravo avanti pensando che se nel 1999 la Terra fosse implosa davvero sarebbe finita anche la vergogna che provo. Ma non è andata così, siete tutti sani e salvi!

«Jeongsu, anche se ti ammazzi di studio è tutto inutile» gli ho detto.

«Che vuoi dire?»

«Non conosci Nostradamus? Smetti di fare solo i compiti come un idiota e leggiti una rivista, ogni tanto.»

Sarò sembrata la più scema del mondo. Come posso far vedere la mia faccia in giro per il quartiere, ora? Piuttosto preferisco mordermi la lingua fino a dissanguarmi, davvero. La voce che sono stata rifiutata da Jeongsu si sarà già sparsa per tutta la scuola, lo sapranno persino i gatti randagi. Se oltre a quello venissero a sapere che una sciamana è venuta a casa mia per fare un esorcismo io...

Aah!

Non so perché sono così sfortunata.

Partendo da mio padre, che è un tirchio assurdo, a mia madre, che è la regina delle sgridate, fino alla mia intelligente sorella a cui vengo paragonata in continuazione.

È tutto un gran casino. Speravo che le lettere dal futuro mi risolvessero i problemi, invece mi hanno messo la vita sottosopra.

È andato tutto a rotoli. Maledetto Natale! Maledetta neve! Maledetto primo amore! Ah...

Presto sarò in terza media, che posso fare? I miei voti sono un disastro.

Forse, se da adesso mi mettessi a studiare, le cose potrebbero cambiare, chissà.

L'insegnante responsabile della mia classe mi ha detto che a causa dei miei voti anche solo passare il test di ammissione al liceo sarà difficile... immagino sia inutile provare il test d'ingresso all'università.

Hai detto che vivi nel futuro, no? Non hai qualcosa tipo una macchina del tempo? Non puoi farmi venire da te? Sono così in imbarazzo che non penso di poter vivere qui anche solo un minuto di più.

Ti prego, fammi questo favore.

27/12/1987
Eunyu, che vuole andare nel futuro

13

Alla mia imbarazzatissima amica

Calmati. Inspira ed espira lentamente.

Non si muore mica di imbarazzo. Penso di aver fatto anche di peggio.

Quand'ero piccola, per paura che scoprissero che non avevo la mamma, agli altri bambini raccontavo un sacco di bugie, sai? Se arrivava una chiamata da mia nonna facevo finta che fosse mia madre. Riesci a immaginare quanto sia stato terribile quando è venuto fuori che era tutta finzione? Mi vergognavo da morire, ma col passare del tempo alla fine mi è passata.

Purtroppo non hanno ancora inventato la macchina del tempo, quindi non posso portarti qui da me nel 2016. Dunque non c'è niente da fare, dovrai sopportare l'imbarazzo. Ma in ogni caso, dato che il tempo passerà, credo che per quando avrai ricevuto questa lettera avrai superato tutto e starai bene.

Credo che sia sensato quello che hai detto, cioè di non parlare con nessuno di quello che ci sta succedendo.

Ho scritto su internet in anonimo del fatto che mi arrivano delle lettere dal passato. Mi è arrivata questa risposta, sappi che te la riporto qui sotto esattamente uguale senza alcuna modifica.

> Buongiorno, ho leto attentamente quello che ha scritto. Siccome le sta succedendo qualcosa di speciale si sentirà molto imbarazata. Prima di tutto, non ce ne bisogno. Cose che non possono essere verificate scientificamente stanno succedendo ovunque nel mondo. Semplicemente anche lei ha assistito a qualcosa che

> non si può spiegare scientificamente. La scienza è solo un campo di studi, non si può dire che quello che la scienza non può provare sia una bugia.
>
> Nella mia vita mi sono successe tante cose che non possono essere spiegate scientificamente. Può credermi, sono circa 400 ani che sono sul pianeta Terra. Se vuole una consulenza più specifica può urlare "KKandtappia" e io correrò da lei.

Avevo la mente talmente annebbiata che non mi sono nemmeno resa conto che era uno scherzo e l'ho letta e riletta a lungo.

Siccome mi vergogno di aver davvero urlato "Kkandtappia" da sola di nascosto, non dirlo a nessuno, per favore. Ma ti rendi conto di quanto fossi in ansia?

Avrei dovuto capirlo dagli errori di ortografia già fin dalla prima riga.

Pensa che qualcuno ha persino commentato "sparisci bimbo"!

Sembra che le persone non siano assolutamente pronte a credere a ciò che dico.

Il motivo per cui non succedono cose fuori dall'ordinario in questo mondo è che le persone non sono pronte ad affrontarle.

Per questo non possiamo parlare di questa faccenda con leggerezza.

Comunque non ho alcun desiderio di essere battezzata con dei fagioli rossi, ed è veramente terribile che pensassero che fossi posseduta da un demone.

Non ne sono completamente sicura, ma se dicessi a mio padre che mi scambio delle lettere con te probabilmente riceverei lo stesso trattamento. Mia nonna potrebbe persino prenotarmi di corsa un appuntamento dallo psicologo.

Ah, già! Ho fatto delle ricerche su quel Nostradamus di cui mi hai parlato e, come hai detto tu, era un profeta piuttosto famoso. Ho scoperto che ci sono state addirittura delle persone che si sono suicidate per paura che il mondo finisse davvero nel 1999.

Che idioti.

No, non dico a te, dico a quelli che sono arrivati a mettere fine alla propria vita per paura della fine del mondo. Posso immaginare quanto terrore debbano aver provato per arrivare a tanto, ma d'altro canto è anche vero che, solo perché avevano paura del domani, hanno preferito non farlo arrivare mai.

La fine del mondo non accade così facilmente, voglio dire.

Il mondo andrà avanti.

Hai detto che la tua vita è un casino ed è piena di sfighe vero?

Da quanto ho potuto vedere io mi sembra che tu viva una vita felice. Perlomeno hai una famiglia normale, no? Una ragazza che ha una famiglia così e dice che ha la vita incasinata non mi sembra altro che una che non è mai contenta di niente.

Io sono orfana di madre, sai?

Ti ricordi la mia prima lettera?

A mio padre non interesso. È solo un'"entità" che mi sta attorno, che si palesa ogni tanto, così come fanno le lettere che ti arrivano da me. Mio padre è così. Non ha mai organizzato nulla per il mio compleanno. Non credo che abbiamo mai fatto una festa o mangiato una torta. Probabilmente non sa nemmeno quand'è, il mio compleanno. Che io scappi di casa o muoia di fame a lui non interessa assolutamente. Sai com'è vivere con un padre così? Mi sembra di essere un fantasma, un fantasma che non può raggiungere l'aldilà e vaga.

Ultimamente però ha iniziato a farmi delle domande, delle domande disgustose tipo "come va la scuola?". Come vuoi che vada? Una rottura, no?

Sai per quale motivo lui, che è stato indifferente per gli scorsi 15 anni, ora se ne viene fuori con queste domande? Perché il prossimo anno si risposa. Probabilmente pensa che grazie a ciò anch'io per la prima volta nella vita avrò una madre. Ma io davvero mio padre così non lo sopporto. Non è una reazione infantile al fatto che si sposi di nuovo, non sono una bambina e risposarsi non è chissà che... Ti pare che mi metto a fare i capricci?

Quello che mi irrita è il suo atteggiamento.

Sai cosa mi dice normalmente mio padre? Una volta ogni due settimane circa mi chiede se io abbia ancora un po' di paghetta.

Io gli rispondo sempre di sì, che ne abbia ancora o meno. Per tagliare corto, no? Tanto qualsiasi cosa risponda lui mi mette di nuovo i soldi sulla carta.

Ma da quando è arrivata quella donna è cambiato. Fa domande che prima non faceva, e ridacchia in modo strano.

Io quella la odio. Se ti dovessi elencare i motivi ce ne sarebbero più di cento, ma per riassumere in maniera semplice, l'esistenza stessa di quella donna mi dà il voltastomaco.

Prova a immaginare: tuo padre, che ti ha trascurata e lasciata da sola per 15 anni, improvvisamente contento e sorridente ti porta la tua nuova madre. È una fortuna se non sono esplosa lì sul posto.

Che si sposino e vivano insieme nella buona e nella cattiva sorte, a me non importa. Quindi vorrei dirgli di lasciarmi in pace, di fare come prima, come se non ci fossi. Ma se dicessi così tutti direbbero che ho la sindrome della seconda media e *bla bla bla*.

Qui i quindici anni li chiamano "sindrome della seconda media", come per dire che l'adolescenza è una specie di malattia che viene fuori quando sei alle medie, e da quando le ho iniziate è l'espressione che odio di più al mondo. Vieni visto come un bambino che vive senza preoccupazioni e si lamenta soltanto per colpa degli ormoni della crescita.

Per questo ti invidio.

Non devi sentirti dire che ti è venuta la sindrome della seconda media ogni volta che apri bocca, non hai un padre che si è costruito un personaggio, e hai anche una madre. Per di più, lì nel mondo in cui vivi tu il tempo scorre molto velocemente, no? Da me sono passati solo due mesi, ma da te è passato qualche anno. A me manca ancora tanto, ma tu in un battito di ciglia sarai già adulta, probabilmente. Per diventare adulta devo aspettare ancora cinque anni, per questo me ne voglio andare in fretta.

Hai letto la mia prima lettera, quindi lo conosci, no? Il mio piano per scappare di casa.

Definirlo "scappare di casa" mi fa sembrare una piantagra-
ı che scappare di casa mi sembra corretto definirlo "di-
e indipendente". Ho pianificato tutto nei minimi dettagli.

Prima di tutto cercherò un posto dove vivere. Le case normali sono troppo care e difficili da trovare, quindi sto cercando un *goshiwon*,* non uno vecchio e che cade a pezzi, uno pulito, sicuro e per sole donne. Ma la differenza di prezzo è consistente e questo è un po' un problema.

Quindi sto mettendo da parte i soldi per pagarmi due mesi di affitto e spese varie. Non appena sarò fuori di casa inizierò a lavorare part-time, ma per precauzione devo avere le spalle coperte.

Onestamente la ricerca del part-time mi preoccupa parecchio. Non ci sono molti lavori che possono fare anche i minorenni, sai, e ho scoperto che i convenience store e le PC room pagano pochissimo.

Questo è il mio piano per il futuro, ed è tutto nella mia testa, nessuno lo sa. Non è ironico? Nessuna delle persone attorno a me sa nulla, ma tu, che non ti ho mai visto e vivi nel passato, sai tutto.

Bene. Basta parlare di me. Parliamo di noi. Siccome vivo nel futuro, se voglio, posso sapere tutto ciò che è successo nel passato. Per fortuna c'è questo strumento chiamato "internet". Significa che posso aiutarti a mettere un po' d'ordine nella tua vita. Posso provare a cercare gli esercizi che escono in quell'esame di ammissione di cui parlavi. È il test d'ingresso all'università, no?

Siccome sono cose vecchie mi ci vorrà un po' di tempo, mi sa, ma posso trovare i test che sono usciti in passato senza problemi. Rimetterò in carreggiata il futuro in cui avevi smesso di credere per colpa di nonno Nostradamus.

Vedi? Te l'ho detto, se noi due uniamo le forze possiamo fare cose straordinarie!

15/3/2016
Eunyu, dal futuro

* Una specie di monolocale molto piccolo e stretto, in genere inferiore ai dieci metri quadrati. (*NdT*)

14
Alla mia amica che farà cose straordinarie

Ciao, come stai? Com'è il tempo lì? Qui fa decisamente freddo e siamo ormai in pieno inverno.

Con l'arrivo dell'inverno tutte le persone del quartiere diventano più indaffarate. Mia mamma passa tutto il giorno a parlare con le altre signore del quartiere di quanto *kimchi* preparare, e quella rompipalle di mia sorella studia ogni notte anche se non deve ancora fare il test d'ammissione all'università. Io ascolto *Damdadi* e non vedo l'ora che inizi il Festival Universitario della Canzone.

Mia madre e mio padre mi hanno detto che il loro desiderio per quest'anno è che io impili tutti i bricchetti senza farli cadere e che mi dia una svegliata e mi metta a studiare. Quest'anno?! Non ti sembra un po' ingiusto che mi pressino per studiare quando manca poco più di un mese alla fine dell'anno?

Nel frattempo, ecco che è arrivata la tua lettera. Non so perché, ma questa volta l'ho aspettata con ansia. Puoi davvero trovarmi i test d'ammissione? Quella cosa che si chiama internet è davvero così potente? Non so bene cosa sia, ma in ogni caso è una specie di so-tutto-io che conosce ogni segreto di questo mondo, no?

Ah, già! Stavo per dimenticarmene. Ti avevo detto, vero, che avevo sedici anni? Be', tra un mese quei sedici diventeranno diciassette. Non vorrei essere pesante, ma stavolta ho tante cose da dirti, quindi se questa lettera dovesse essere più lunga del solito, sopporta per favore.

Non so se ti interessa, ma partirò col raccontarti cosa è successo dopo che mi sono dichiarata: come hai detto tu, non sono morta dall'imbarazzo. Quando vedo Jeongsu non sento più le budella che mi si attorcigliano e i miei amici hanno smesso ormai da tempo di prendermi in giro. Dopotutto, il mio imbarazzo non è più una novità.

Vuoi sapere qualcosa di veramente sconvolgente? Jeongsu si è messo con mia sorella. Con me non è voluto uscire perché doveva studiare, ma ora sta insieme a lei senza alcuna vergogna. Davvero assurdo, no?

Mia madre, che ci aveva sempre impedito di frequentare ragazzi alle superiori per evitare che mandassimo all'aria non solo l'università ma tutta la nostra vita, dopo averlo incontrato una sola volta lo ha accolto in famiglia a braccia aperte.

E come avrebbe potuto fare diversamente? Tutti si affezionano a Jeongsu la prima volta che lo vedono, perché è alto, bello, ha una voce gentile ed è pure intelligente.

Ultimamente mamma ha iniziato a stressare mia sorella, senza farsi alcuno scrupolo, chiedendole perché non esce di più con lui. Da quando si sono messi insieme i suoi voti sono migliorati, sai? Secondo lei è perché Jeongsu sa tutto, dice che è un genio.

Gli unici che non sono ben disposti nei suoi confronti siamo io e mio padre. Secondo lui tutti i ragazzi sono dei farabutti. Non importa quanto sia bello o intelligente, dice, alla fine un farabutto resta sempre un farabutto. Ovviamente io sto dalla sua parte.

Mia madre pensa che quando si vedono vadano in aula studio, ma ho scoperto che in realtà non è così. Pensavano davvero che nessuno sapesse che durante le Olimpiadi andavano a divertirsi?

Per esempio, la scorsa settimana hanno detto che sarebbero andati in aula studio, ma li ho beccati mano nella mano mentre uscivano dal cinema. Sono sicura che erano loro.

Ah... spero che falliscano in pieno il test d'ingresso all'università.

Sei davvero ancora ferma a quindici anni? Perché il tempo nel futuro scorre così lentamente? Capisco anche che tu sia stufa marcia.

Comunque, l'espressione "sindrome della seconda media" non è un po' troppo pesante? Tutti fanno la seconda media, e definire una fase della vita "malattia" mi sembra un po' strano, no?

Ma, onestamente, dopo aver letto la tua lettera, credo proprio di aver capito perché gli adulti la chiamano così.

Stai davvero pensando di scappare di casa? Non sarai mica una di quelle ragazze che fumano e si schiariscono i capelli con l'acqua ossigenata o la birra, vero?

Io sono totalmente all'opposto. Scappare di casa poi non è mica una passeggiata. Dopo che te ne sei andata potrebbero rapirti dovunque e in qualunque momento. Ti distrai un attimo e ti ritrovi su una barca avvolta in una rete da pesca, e chi verrà mai a saperlo?

Non vorrei trattarti come una piccola delinquente, ma non credo di poter fare diversamente.

Non penso davvero che diventerai una sbandata, ma tuo padre proverà un dispiacere immenso, non dovresti proprio farlo.

Hai detto che tuo papà non si interessa di te? I padri sono tutti così in Corea. La madre si occupa dell'educazione dei figli e il padre generalmente va a lavorare. Cosa potrebbe esserci di più irritante di un padre che ha da ridire ogni giorno sui tuoi voti, i tuoi vestiti e il tuo atteggiamento? Mi sa che non hai mai dovuto sopportare un'intromissione così pesante, ma ti assicuro che una persona, ovvero mia madre, è più che sufficiente per le sgridate.

Già, magari tu pretendi che, dato che una madre non ce l'hai, sia tuo padre ad assumere quel ruolo. Ti capisco, ma hai mai pensato a quanto impegno ci abbia messo lui per crescerti facendo entrambi i ruoli? Prima di pretendere che lui faccia tutte e due le parti, penso che tu debba chiederti se tu per prima abbia fatto bene la tua, di parte. Tuo padre non è il tuo servo, come fa una persona a essere perfetta? Tutte le cose e le persone hanno lati positivi e negativi, no? Tu vuoi la perfezione, ma non dimenticare:

tuo padre non è perfetto, è umano proprio come tutti gli altri.

Ovviamente so che queste parole non ti saranno di alcun conforto, e so anche che la risposta che cerchi tu non è questa. E se mi chiederai che cacchio ne so io della tua vita per dirti queste cose eccetera eccetera, be', anch'io non so bene che dirti.

Però, sai, in ogni caso, se per uno strano scherzo del destino ci siamo ritrovate a scambiarci delle lettere, penso di potermi intromettere un pochino nella tua vita, e magari facendolo posso persino aiutarti.

Vorrei che ciò che sto per dirti ti facesse capire che scappare di casa è una cosa assurda. Ci sono tante brave persone in questo mondo, ma è anche pieno di bestie che puntano a ragazze giovani e indifese. Il prossimo anno avrai solo sedici anni, no? E vuoi scappare di casa a sedici anni?

Mi sembra che tu sia sull'orlo di un precipizio e abbia deciso di buttarti. Pensi che una volta fuori di casa tuo papà, rimasto solo, sarà contento? La sua unica figlia, luce dei suoi occhi, scappata di casa! Se fossi io mi sentirei una traditrice, impazzirei.

Dio mio, scappare di casa perché tuo padre si sposa di nuovo. Non sei un po' troppo drastica? Se tuo padre ti porta a casa la matrigna, che ti costa provare ad accoglierla calorosamente? Non puoi proprio fidarti di lui e sforzarti di essere un po' più ben disposta verso questa signora, per una volta? Non tutte le matrigne sono come quella di Cenerentola.

È una cosa che ho realizzato di recente, ma penso che nessuno a questo mondo si senta davvero felice. Tutti pensano che la propria vita, paragonata a quella degli altri, sia difficile, no? Ma non credo che arrendersi o mettersi in pericolo sia la cosa giusta da fare.

Hai presente le Olimpiadi dell'88? Tra tutti quegli atleti soltanto uno può vincere la medaglia d'oro, no? Allora, a parte lui, il sudore e gli sforzi degli altri atleti sono inutili? Possono finire nel dimenticatoio?

Sai che ti dico?

Se la nostra vita fosse un'Olimpiade, quello che stai affrontando tu ora sarebbe l'allenamento. È così per tutti: l'allenamento è davvero intenso e faticoso. Ma non è che perché è faticoso gli atleti scappano, no? Stringono i denti, sopportano e vanno avanti. Ovviamente non dico che devi sopportare a ogni costo. Non fare tutto quel faticoso allenamento da sola... Che ne dici di farlo con un supervisore, un allenatore, un rivale e un compagno di squadra? Così ti potranno dare dei consigli, no?

La mia lettera magari ti metterà di cattivo umore, ma che posso farci?

Ho esitato prima di scriverla, perché magari se ti offenderai potresti decidere di non passarmi i test d'ingresso. Ho pensato di dirti solo qualche parola carina per farti sentire meglio, giusto per avere i test e basta, ma più ci riflettevo, più non mi sembrava la cosa giusta da fare.

L'hai detto tu, no? Hai detto che se uniamo le forze possiamo fare cose straordinarie. Va bene, allora uniamo le forze e facciamole! E lascia perdere la fuga da casa e altre ridicole ribellioni adolescenziali.

26/11/1988
Dal passato

15

A te, nel passato

Mi è arrivata la tua lettera. Mi sono venute in mente tante cose mentre la leggevo. Sì, hai ragione. Ti stai intromettendo senza sapere nulla, e anche in maniera molto arrogante.

Secondo te le persone vivono pensando che la propria vita sia la più difficile? No, non è che pensano sia la più difficile, è che pensano solo a se stesse. Non gliene frega un accidente di come stanno messi gli altri. Perché? Perché sono egoiste.

Mi hai mandato una lettera estremamente egoista.

Chi ti credi di essere? Cosa pensi di sapere per potermi giudicare così? Non credere di sapere tutto solo perché ci siamo scambiate qualche lettera.

Secondo te ho deciso di scappare di casa perché voglio ricevere attenzioni da mio padre?

Sembrerà anche che io abbia la sindrome della seconda media, ma non è assolutamente così. Non è scappare di casa il mio sogno, ma l'indipendenza.

Hai detto che ho solo quindici anni? Ok, a quindici anni me ne andrò di casa, e quindi? Anche tu, che fai tanto la saggia e dici tutte 'ste stupidaggini, hai solo sedici anni, no?

Almeno io, se non so bene le cose, non faccio la saputella ferendo i sentimenti degli altri. Ma non è che fai solo il cosplay dell'amica? Perché non sono assolutamente disposta a definirti tale.

Se fossi immatura e tutto questo fosse solo un capriccio, allora per quale motivo starei pianificando il tutto da un anno? Potrei semplicemente tagliare la corda così, di colpo. Ma anche

usare il cervello e ho un piano, non sono un'egocentrica
vuole andarsene di casa per ricevere attenzioni!

"I mariti vanno a lavorare e le mogli si occupano della casa" sono parole davvero allucinanti. Ma vivi nel Medioevo?

Uomo o donna che sia, se diventi genitore hai il dovere di dedicarti ai tuoi figli. E comunque, a differenza di come hai detto tu, io non ho mai voluto che mio padre prendesse anche il ruolo di mia madre.

Che ne sai tu?

Sei mai tornata a casa il giorno del tuo compleanno trovando tutte le luci spente? Ti sei mai alzata la mattina ritrovandoti sola in casa? Ti sei mai chiesta perché tuo padre non ti chiamasse mai per nome? Ti è mai capitato di sentire un peso sul petto e di trattenere le lacrime al punto di non poter più andare avanti con la giornata? Eh?

Ma stavo bene lo stesso.

Quando ogni giorno tornavo a casa e le luci erano tutte spente, quando nessuno mi chiamava la mattina, quando passavo le giornate senza scambiare una parola con nessuno, come uno spettro. Stavo bene lo stesso.

Un giorno ho litigato pesantemente a scuola e ho scritto una lettera di scuse. Ho scritto che quello aveva iniziato per primo e che non avevo fatto nulla di sbagliato, e l'insegnante mi ha detto di riportarla con la firma di mio padre. Va bene, ho pensato, basta che me la firma e siamo a posto, no?

Per tutto il resto della giornata ho aspettato mio padre. Dato che a scuola era successa questa cosa e mi sembrava un sacco ingiusta volevo parlargliene, quindi ho aspettato che tornasse. "Ci sarà una persona in questo mondo che starà dalla mia parte e ascolterà quello che ho da dire" pensavo. E quindi ho aspettato e aspettato.

Ma sai come mi ha trattato mio padre quando è tornato a notte fonda? Se l'è svignata nella sua stanza, evitandomi come se fossi un malato contagioso. Non mi ha nemmeno chiesto perché non fossi ancora a letto a quell'ora o perché avessi gli occhi così gonfi.

Clack.

Quel rumore lo sento ancora chiaramente nelle mie orecchie, quando mi ha evitato. Il rumore di chi chiude le porte del suo cuore per non aprirle più.

Sai come mi sono sentita in quel momento?

Distrutta, spaventata, terrorizzata.

Perché mio padre mi aveva guardato con occhi spaventati.

Quale genitore guarda i propri figli in quel modo?

Mio padre è sempre stato così.

Non importa cosa faccia: lui non mi chiede mai "che succede?".

Non sai quanto vorrei sentire quelle parole... quanto ho aspettato di sentirle...

"Papà, quel bambino mi ha detto che gli faccio pena. Ha detto che sembra che non mi manchi solo la mamma, ma anche il papà. Io ero tranquilla, ma lui continuava a fissarmi e a dirmi che gli facevo pena, per questo abbiamo litigato. Io non volevo scrivere la lettera di scuse." Volevo dirgli questo, e ho aspettato una giornata intera. Ho così tante cose da dirgli, ma perché lui... non mi chiede mai niente?

Sto così male che mi sembra di impazzire, ma come una stupida non riesco a dire nulla.

Non ti chiedo di comprendere come mi sento, ma almeno rifletti prima di parlare, dato che non sai cosa significa sentire un tale peso sul petto che ti sembra ti stia per esplodere il cuore.

23/3/2016
Eunyu

16
A Eunyu

Ho iniziato a scriverti non appena ho ricevuto la tua lettera. Stai bene? Non sai quanto mi abbia scosso quello che hai scritto. Non immaginavo che potessi farti stare così male, ero solo preoccupata per te...

Non è che c'è stato un malinteso? Altrimenti perché un padre ignorerebbe così la propria figlia? Magari è perché quel giorno sembravi troppo arrabbiata.

Anche io a volte mi arrabbio con mia sorella e inizio a urlare e lei a quel punto fa finta di non sentire e se ne va. Ma questo tipo di atteggiamento ti manda ancora più fuori di testa, no? Allora litighiamo pesantemente e le urlo "perché mi ignori?", e lei si tappa un orecchio con un dito e mi dice:

«Dici cazzate, perché dovrei ascoltarti?»

A me allora partono i cinque minuti e inizio a saltare da una parte all'altra mentre mia sorella è completamente rilassata e mi dice che se ho qualcosa da dire devo smetterla di urlare e devo parlare come si deve, e che finché non farò così lei non mi starà a sentire.

Quello che voglio dire, alla fine, è che la persona che si arrabbia è quella che perde lo scontro. Prima di tutto cerca di calmarti e poi prova a parlare un po' con tuo padre, perché scappare di casa non è la soluzione al problema, devi trovarne una migliore.

Nel caso la situazione sia molto peggio di come me la immagino, che ne dici di cercare qualcuno che possa darti una mano?

Spero che per quando arriverà la prossima lettera i problemi con tuo padre si siano risolti.

4/4/1989
Aspetto la tua risposta

17
Al passato

Non ci posso credere. Non potevo immaginare, dopo aver aspettato e aspettato la tua lettera per oltre dieci giorni, che tutto quello che avessi da dirmi fosse di provare a cercare aiuto.

Cercare aiuto, dici? È del tutto inutile.

Pensi che si risolverebbe tutto chiedendo una mano a qualcuno? Se vado alla polizia e denuncio mio padre perché non mi chiama o perché ha paura di me si sistema tutto? Allora i poliziotti vengono e che fanno? Chiedono a mio padre perché gli faccio paura e gli fanno una multa?

Quanto pensi che un figlio debba sapere dei propri genitori? Il nome, l'età, i tratti del viso. Questo dovrebbe essere il minimo, no?

Ma io non so nulla di mia madre. Non so che faccia avesse, il suo nome, l'età, né come sia morta. Non so nemmeno da quant'è che non c'è più. Non so che persone fossero i parenti dalla sua parte, ammesso che ne avesse. Non so proprio nulla.

Nulla.

Nessuno mi dice niente di lei. La curiosità mi fa impazzire, ma non c'è nessuno a cui possa chiedere, altrimenti dovrei di nuovo vedere la faccia di mio padre che si contrae mentre diventa rossa, come se gli fosse capitata la cosa più orrenda del mondo.

Mio padre non mi dice niente di lei, manco morto. Ma perché diavolo fa così? Magari è un segreto che non può rivelare a nessuno?

Le uniche cose che ho sentito su mia madre sono quelle che

ha borbottato mia nonna una volta, tutto lì: "Era proprio una brava ragazza, è stata proprio una tragedia che se ne sia andata in quel modo. Eh, ma così ha voluto il Signore…".

A casa nostra non c'è nemmeno una sua foto, papà dice che sono bruciate, ma non posso sapere se sia andata effettivamente così o se mi stia raccontando una balla. Se è davvero esistita, allora perché non c'è una sola persona che sappia qualcosa di lei? Impazzisco dalla frustrazione.

Cosa diamine mi starà mai nascondendo mio padre?

Più provo a venirne a capo più mi perdo, da sola, in pensieri confusionari, strani e spaventosi.

Sono certa che ci sia stato un segreto tra mio padre e mia madre, altrimenti non ci sarebbe bisogno di tenermi così tanto all'oscuro di tutto.

Quando ero piccola, non ero poi così sicura di essere figlia di mio padre: pensavo che magari ero stata adottata o abbandonata davanti alla porta di casa. Non è poi così strano che pensassi queste cose, dato che mio padre non mi parlava.

Ma quando sono diventata un po' più grande ho capito che non era così, perché altrimenti mia nonna non avrebbe detto che mia madre era una brava ragazza eccetera eccetera.

Ma quindi perché? Credevo che sarei impazzita.

Perché non potevo sapere nulla di mia madre? Più me lo chiedevo più la testa mi si riempiva di risposte terribili.

Alla fine sai cosa ho pensato?

Che per quanto ne sapevo, mio padre poteva persino aver ucciso mia madre.

Lo so, mi chiederai come faccia a pensare una cosa così orribile.

Non importa ciò che penserai di me, quello che è certo è che questa teoria così terribile per me è la più probabile. Però mio padre non è una persona violenta, non mi ha mai sfiorata manco per scherzo. Ma il dubbio di come sia mio padre quando beve resta. Non si sa mai come cambiano le persone quando sono ubriache, no?

Lui non beve quasi mai, e se lo fa si comporta come se fosse un evento più unico che raro. Proprio ogni tanto, di rado, torna a casa ubriaco, ma quando succede io devo andare da mia nonna, perché a quanto pare non posso assolutamente ritrovarmi faccia a faccia con lui quando è in quello stato. Chissà perché. Forse cambia come Doctor Jekyll e Mister Hyde?

Tu mi hai detto di provare a fidarmi di lui, no?

Riusciresti a fidarti di tuo padre se ti nascondesse scrupolosamente tutto ciò che riguarda tua madre? E ti fideresti della donna che un padre del genere ti porta a casa? Eh?

Quella donna, dici?

Non importa che persona sia, ciò che importa è che prima che comparisse andava tutto meglio. Preferivo quando lui mi stava alla larga e se ne fregava di me, perché allora io ero da sola, ma anche lui lo era. Ma ora non è così.

Puoi dirmi quello che vuoi, io diventerò indipendente: me ne andrò da questa casa e scoprirò il segreto di mia madre a tutti i costi. Una come te, che è nata in una famiglia perfettamente normale, non potrà mai capire come mi sento, perché non sai cosa sia la depressione o cosa significhi sentirsi davvero soli. Sono arrivata a temere che a un certo punto non sarei più esistita nei pensieri di mio padre, proprio come mia madre non è mai esistita nei miei ricordi. Tu non hai mai provato niente del genere.

Non ti chiedo di comprendermi, non la voglio la tua comprensione, quindi evita di darmi consigli insensati.

A pensarci bene, l'unica che trae beneficio da questo scambio di lettere sei tu. Conoscere il futuro per te è un vantaggio, ma anche se io dovessi conoscere il passato non c'è nulla che possa cambiare, no?

Quindi mi rimangio ciò che ho detto sul riuscire a fare delle cose insieme.

Puoi anche non rispondermi.

7/4/2016
Eunyu

18

A Eunyu, nel futuro

Ciao.

Finalmente anche qui dove vivo io è arrivata la primavera. Fino a pochi giorni fa, a causa di un'ondata di freddo, sembrava non arrivasse più. Mi chiedevo quando se ne sarebbe andato questo maledetto inverno, e oggi finalmente c'è un bel sole.

Le persone sono strane. A un certo punto si adattano anche alle cose a cui pensavano non si sarebbero mai adattate, sai? Ora mi sono così abituata alla routine delle superiori che mi sembra ovvio anche il fatto di rientrare a casa alle undici di sera.

Anche per quanto riguarda le nostre lettere, all'inizio erano scioccanti come un fulmine a ciel sereno, ma da un certo punto in poi, senza che me ne accorgessi, ho iniziato a considerarle normali. Per questo probabilmente, quando ti rispondevo, scrivevo come se stessi scrivendo a un'amica, senza pensarci troppo, quindi mi vergogno di essere stata così insensibile.

Ho letto più volte la tua lettera, ci ho rimuginato su, l'ho letta di nuovo e ora finalmente ti sto rispondendo.

Mi hai detto che potevo anche non risponderti, ma non potevo non farlo.

L'ho letta attentamente, la tua lettera, davvero. Ciò che voglio dirti è… insomma… quello che mi hai detto è tutto vero? Se è davvero così, be'… insomma, voglio dire…

mi dispiace.

Sono stata impulsiva, mi scuso sinceramente. E credo di poter capire che tu ti senta frustrata e voglia andartene di casa.

Davvero tuo padre non ti dice niente di tua madre? Non capisco, è ovvio che una figlia debba conoscere sua madre; anche se dovesse essere morta di diarrea dovrebbe saperlo. Effettivamente è strano che tuo padre ti tenga all'oscuro di tutto. Chiunque direbbe che è strano.

Ma senti, non è che tua madre è viva da qualche parte? Magari non ti dicono niente semplicemente perché è finita male tra di loro e non sono in buoni rapporti. Oppure, magari può essere pure che tua mamma non ti volesse... No, non voglio dire che ti odiasse, ma magari ci può essere stata una ragione, chissà, faccio così per dire. Mi scuso in anticipo in caso ti offendessi. In ogni caso, sembra proprio che ci sia un segreto nascosto che noi non possiamo nemmeno immaginare.

Probabilmente ora avrai il broncio perché sei arrabbiata, ma comunque ascolta quello che ho da dirti.

Per quanto ne sappiamo, il fatto che noi due, che viviamo in due mondi diversi, ci siamo ritrovate a scambiarci lettere potrebbe significare che c'è qualcosa di speciale in noi. Quindi, se provassi io a darti una mano? Che ne dici?

Rispetto a te vivo nel passato, no? Quindi, se mi dicessi di più sui tuoi genitori, potrei riuscire a trovarli. A pensarci bene, ci sono un'infinità di cose che possiamo fare l'una per l'altra: io posso trovare i tuoi genitori qui nel passato e scoprire il segreto di tua madre, e tu puoi aiutarmi col mio futuro.

Per esempio, puoi dirmi dove trovare una miniera d'oro, dove sono le Sfere di Drago o farmi incontrare un drago in carne e ossa...

Ma, se tutto questo fosse troppo difficile, puoi farmi semplicemente avere in anticipo gli esercizi che usciranno nel test d'ingresso all'università.

Non ho la minima intenzione di fare la gara a chi sia la più sfortunata tra noi due, ma dato che ti sei aperta sinceramente con me, ora io voglio fare lo stesso con te.

Hai detto che la mia famiglia è perfettamente normale, no? Non so se le parole "normale" e "perfetto" stiano bene insieme, ma ciò che intendo io per "famiglia normale" è avere dei genitori affettuosi, una sorella che ti vuole bene nonostante ogni tanto si litighi, senza troppi soldi ma con abbastanza da poter tirare avanti, e non posso dire che la mia famiglia sia normale.

Da quando sono nata sono sempre stata un'asina per loro, ma non perché lo fossi davvero. Non ero molto brava in matematica a causa delle tabelline, e ricordo di aver studiato un po' il resto delle materie, comunque non a un livello tale da poter essere chiamata "asina".

Mia madre basa tutti i suoi criteri di giudizio su mia sorella, è da lì che deriva il mio supplizio.

Mia sorella è davvero insopportabile: è sempre stata la prima della classe, è pure brava negli sport ed è carina! Io non capisco come sia possibile, ma ho scoperto che ha anche tanti amici. Però ha un carattere schifoso.

Secondo lei, se io facessi un test del QI insieme a un delfino il mio risulterebbe più basso.

Probabilmente non riesci a capirmi completamente. La stima del capoclasse, e persino quella degli insegnanti, se la arraffa tutta lei. Lo sai con che nome mi chiamano i professori a scuola? "La sorella di Cho Saemi."

Sai come ci si sente a essere sempre paragonata a qualcun altro per tutta la vita?

Sono stata paragonata a lei da quando ho mosso i primi passi.

"Dio mio, Saemi camminava già a dieci mesi, Eunyu ha iniziato a fatica dopo un anno."

Insomma, è così.

Ho provato a studiare come una pazza per ricevere dei complimenti da mia madre, ma nonostante tutti i miei sforzi non riesco a stare al passo con mia sorella. Se prendo dieci in una materia, lei viene a casa con un dieci in tutte le materie.

La cosa che mi sono sentita dire più volte da quando sono nata è "cerca di essere brava almeno la metà di tua sorella".

Mia madre è specialista nella discriminazione e nel fare confronti, ha una laurea in recitazione. Se vengono dei suoi amici a casa, lei si comporta come se mia sorella fosse la sua unica figlia. Io mi inchino per salutarli e poi devo chiudermi in camera mia e starmene alla larga. Al suo compleanno a lei prendono la torta, le banane e le regalano le scarpe della Nike, mentre al mio non mi danno manco una banana e neanche un regalo. Con me riciclano le cose usate da lei. Ogni volta mi dicono che le mie scarpe sono ancora buone e posso ancora metterle, ecco perché io gratto la suola contro il cemento, per rovinarle apposta.

Sai allora cosa ho deciso di fare? Di essere la piantagrane della famiglia, dico quello che mi pare, non ascolto, distruggo le loro aspettative e cose del genere.

Ma nonostante tutto, io penso di essere cento volte meglio di mia sorella, gli occhiali a goccia stanno molto meglio a me, so farmi la frangetta molto meglio di lei e so ballare molto meglio le canzoni pop che passano in tv.

Mio padre, dici?

Siccome ha un carattere debole non fa altro che prestare soldi a tutti i suoi amici: amici del suo paese, compagni di scuola, chiunque abbia bisogno di soldi viene a cercare lui. Forse dovrei chiamarlo "banca ambulante", probabilmente sarebbe capace di andare in giro per il quartiere casa per casa a dire "do soldi a tutte le persone in difficoltà. Non ho intenzione di chiederli indietro" come se fosse il signore del camioncino dei gelati.

Lo scorso inverno ha dato dei soldi a un amico del suo paese e l'ha combinata davvero grossa: i soldi che aveva prestato erano quelli che servivano per comprare i bricchetti di carbone. Siccome abbiamo dovuto risparmiare sui bricchetti abbiamo passato tutto l'inverno battendo i denti per il freddo glaciale. Potevo vedere le nuvolette che facevo col respiro perfino dentro la mia camera!

Se dovessi riassumere in poche parole tutto questo lungo discorso: sono brutta, stupida e la mia famiglia è povera. Se dovessi continuare non finirei più, quindi basta così.

Se anche leggendo tutto questo dovessi essere gelosa della mia famiglia, voglio dirti che tu hai anche un'altra famiglia.

Hai me.

Sarò come una sorella, per te.

So che non mi vuoi neanche come amica, ma quest'anno ho diciotto anni, e per quando arriverà la tua prossima lettera sarò ancora più grande e avrò più esperienza, proprio come una sorella maggiore, no?

Dove la trovi una sorella maggiore come me? Una che ti ascolta e cerca di risolverti i problemi.

Sì, te l'ho già detto prima, ma io ho deciso di aiutarti a risolvere i tuoi guai. Sono convinta che tu abbia il diritto di sapere che persona fosse tua madre. Non so per quale motivo tuo padre ti tenga nascosto tutto ciò che la riguarda, ma andrò a fondo della questione.

Io troverò tua madre.

La troverò e capirò che persona era e come è morta, ti rivelerò tutto ciò di cui sei stata tenuta all'oscuro. Non so se sia possibile, né se sia giusto, non posso esprimere alcun giudizio al momento, ma voglio provarci.

Ho letto da qualche parte che nella vita di ognuno di noi fortuna e sfortuna si distribuiscono equamente. Significa che se ora sei infelice, il futuro che ti aspetta più avanti sarà pieno di cose belle, no?

In ogni caso, quando abbiamo capito di essere interconnesse può essere stato l'inizio di qualcosa di meraviglioso.

20/3/1990

Tua sorella, che porta il tuo stesso nome

19

A mia “sorella”, che porta il mio stesso nome

“Ciao” è tutto quello che riesci a dirmi? Ma sai quante volte ho controllato la cassetta della posta in questo periodo?

Ok, te lo dirò in maniera molto semplice: mentre aspettavo la tua lettera stavo morendo dall’ansia. La scorsa volta ti avevo detto di non rispondermi più, ma non lo pensavo veramente, giuro!

Io sono saltata su e tu mi mandi la lettera così tardi, che faccia tosta! Sai quanta strizza avevo che non arrivasse la tua risposta? Non immagini quanto mi sia pentita di averti scritto quelle cose… Ogni volta ho lo stesso problema: quando mi arrabbio non sono soddisfatta fino a quando non sparo a caso anche cose che non penso, dove prendo prendo.

Comunque, sei veramente già alle superiori? Fino a poco tempo fa eri ancora una bambina delle elementari e ora sei già un’adolescente. *Mmh,* mi fa un po’ strano. Sei davvero più grande di me, quindi.

Quasi diciotto anni.

Diciotto.

Mi fa strano che una bambina che aveva dieci anni pochi mesi fa ora sia più grande di me, anche se effettivamente non è poi così assurdo, dopotutto sei nata molto prima di me, quindi anche quando avevi dieci anni in un certo senso eri più grande di me, no?

Ora dirò qualcosa di un po’ sdolcinato, ma mi piace leggere quello che mi scrivi, mi piace anche l’attesa tra una lettera e l’altra. Non ci siamo mai viste di persona, ci siamo solo scritte alcune volte e basta, eppure mi sembra proprio di conoscerti da una vita.

Scambiandoci queste lettere mi ritrovo spesso a riflettere su me stessa: nel tuo mondo tutto cambia e va avanti, mentre io sembro sempre qui ferma nello stesso punto, con le labbra imbronciate, quindi ho deciso di provare a mettere un po' da parte questa insoddisfazione che provo e vedere come va.

In realtà nel mondo in cui vivo io non c'è bisogno di aspettare che arrivi una lettera, ci vogliono pochi secondi per mandare un messaggio su Kakao, quindi se mi arrabbio, se qualcosa mi dà fastidio, insomma, dico quello che sento senza pensarci troppo su.

Quindi, come da abitudine, anche quando scrivo a te lo faccio senza riflettere, mi sa. Su Kakao la risposta ti arriva subito, sai? Anzi, puoi persino sapere se l'altro ha letto quello che hai scritto o meno, ma queste lettere sono lente da morire e bisogna aspettare una o due settimane per avere una risposta, e non è nemmeno garantito che arrivi in quei tempi, quindi come faccio a non innervosirmi?

A furia di aspettare e aspettare ho pensato, ma non è che ci sono andata troppo pesante? Perché mi sono comportata così? E mi sono pentita e preoccupata.

Sai, leggendo la tua lettera mi sono messa a piangere. Mi sono comportata malissimo, ma tu non ti sei mai arrabbiata nemmeno una volta, sono decisamente io quella che deve scusarsi… davvero sei ancora mia amica? Ora che l'hai detto è fatta eh, non si torna indietro.

Hai ragione, ho sempre pensato di essere la più sfigata, quella che soffre di più, perché mi sono sempre sentita diversa dagli altri. Quindi se qualcuno si lamentava pensavo sempre che fosse semplicemente un privilegiato, nient'altro.

Sono stata proprio una stupida. Ho stabilito che la tua fosse sicuramente una vita felice senza nemmeno sapere come fosse davvero, cosa provassi. Mi dispiace, sul serio.

Leggendo quello che mi hai scritto ho capito che nemmeno tu hai avuto una vita facile. Non riesco a immaginare che tu abbia una sorella così fastidiosamente perfetta. E tua madre tratta bene solo lei perché è brava a studiare, *wow*. Non è che magari devi pensare pure tu a scappare di casa? Ahah.

A proposito di scappare di casa, so che la mia fuga, anzi la mia voglia di indipendenza, ti preoccupa, ma non ce n'è bisogno. Pensi che starei a prenderle se dei tipacci mi si avvicinassero? E poi non creerò problemi così come pensi tu: non puoi semplicemente vederla come se diventassi autonoma un po' prima rispetto ai miei coetanei? Mi sto già preparando, e sto anche cercando un lavoretto part-time.

Non so se te l'ho detto la scorsa volta, ma vorrei lavorare in un caffè o in una pasticceria. Lì imparerei a fare il caffè e i dolci e prenderei due piccioni con una fava: guadagnerei soldi facendo un lavoro che mi piace.

Il problema è che in posti del genere non hanno nessuna intenzione di assumermi.

Ti ho mai parlato del mio sogno?

Il mio sogno è aprire un locale, sai? Ho anche già pensato al menu: oltre al caffè ci sarebbero succhi di frutta e frappè. E tutto a un prezzo economico, così è meglio, no? Alle persone che si sentono sole darei gratis i miei biscotti della felicità, ma siccome li darei gratis, appunto, non posso farli troppo grandi, magari circa quanto una moneta da cinquecento *won*, come quella portafortuna che mi hai mandato tu, ahah.

Oh, e pensandoci bene, mi piace anche il nome "moneta della felicità": voglio chiamare così i miei biscotti. Grazie, Eunyu.

Dipingerò le pareti del negozio di bianco. Anzi no, mia nonna mi ha detto che pulire le pareti bianche è una faticaccia. Allora magari dovrei farle nere, ma il nero non risulterebbe troppo lugubre? Devo pensarci ancora un po', mi sa.

Eunyu, lo sai perché il mio sogno è avere un locale tutto mio? In realtà mi vergogno un sacco a dirtelo, lo faccio solo perché sei tu.

Siccome mio padre ha sempre lavorato spesso fino a tardi, quand'ero piccola generalmente stavo da mia nonna, ma non mi piaceva stare lì, perché lei ogni volta che mi guardava diceva "poverina" e schioccava la lingua. All'epoca pensavo che le persone mi trattassero bene solo perché gli facevo pena, e la cosa mi dava fastidio... Te l'ho già detto, no? A scuola facevo persino finta di avere una madre.

Mi pare che fossi in quarta elementare: ho detto a mia nonna che anche se mio padre avesse fatto tardi io non avevo paura e che avrei dormito da sola a casa mia. Le ho detto, fiera, che ero già grande e che non avevo bisogno del suo aiuto e insomma ho dormito da sola per la prima volta, ma... quella notte ho fatto pipì.

Stavo dormendo e mi sono svegliata perché mi scappava la pipì, ma non sono riuscita ad andare in bagno, avevo paura. Non è che pensassi che il gabinetto mi avrebbe inghiottito o cose del genere, ma c'era qualcosa che mi faceva così paura che tremavo. Tienila, tienila, e alla fine, boh, me la sono fatta addosso.

Per orgoglio non sono riuscita a dire nulla a mia nonna o a mio padre e, quando le lenzuola si sono asciugate, le ho nascoste. Trascorsi alcuni giorni mia nonna è venuta a casa, ma non c'era modo che non se ne accorgesse, perché in camera mia c'era un forte odore di pipì.

Mia nonna, schioccando la lingua, mi hai detto "se ti sei fatta la pipì addosso devi dirlo, che cosa lo nascondi a fare come una stupida eccetera eccetera" e mi aspettavo che anche mio padre mi dicesse qualcosa, che si arrabbiasse o mi dicesse qualcosa perché gli facevo pena, ma si è limitato a fissarmi. Non ha detto nulla.

Però dico, anche uno sconosciuto si sarebbe dispiaciuto per me, per una bambina che aveva fatto la pipì a letto perché aveva paura, no? Ma come ha potuto mio padre non dire nemmeno una parola? All'epoca davvero non me ne capacitavo, ma poi ho capito.

Il suo silenzio significava che avrebbe continuato a lasciarmi da sola.

Da quel giorno, ogni notte in cui mio padre rientra tardi, senza rendermene conto, faccio la pipì a letto. La odio da morire 'sta cosa, la faccio senza accorgermene, ma comunque non voglio andare da mia nonna, non so perché, ma mi sono impuntata.

Non sarà mica che sto sottovalutando 'sta cosa della pipì a letto? Il dottore ha detto che l'enuresi è una malattia innocua, come il raffreddore.

Comunque ultimamente non faccio più quell'errore. Ho scoperto un trucco, sai? Stranamente, se prima di dormire mangio della cioccolata o dei biscotti dolci non capita più!

Per questo voglio aprire un caffè, perché posso mangiare biscotti o torte finché voglio. E poi ci sono tante persone nei caffè, no? Non avrei nemmeno tempo di sentirmi sola, qualcuno aprirebbe la porta ed entrerebbe. Sì, non verrei più lasciata da sola.

Ma basta parlare di me. Oltre a me, su questo pianeta l'unica altra persona che è a conoscenza del mio sogno sei tu, comunque. A questo punto direi che abbiamo un rapporto un po' speciale, no?

Ora parliamo un po' di noi.

Non sapevo che stessi pensando a quelle cose, addirittura trovare mia madre nel passato! È una cosa a cui non avevo mai pensato, pensi davvero di poterci riuscire, Eunyu?

Quando mi hai detto che mia madre potrebbe essere ancora viva e che potrebbe essere per quello che non mi dicono nulla su di lei, per la prima volta ho visto le cose in un'ottica diversa. Fino a questo momento il limite di ciò che potevo immaginare è sempre stato la morte di mia madre.

A pensarci bene, c'è stato un fatto sospetto: quand'ero piccola a volte arrivavano a casa delle strane lettere, e il timbro della posta aerea era scritto in una lingua strana, non era nemmeno in inglese, comunque quando arrivavano quelle lettere mio padre faceva una faccia, come dire, un po' arrabbiata, un po' triste, comunque strana, ecco.

Durante, mi pare, le vacanze estive dell'ultimo anno delle elementari, mi ricordo ancora che, siccome quelle lettere che arrivavano ogni tanto mi incuriosivano, ho aperto la busta di nascosto e ho sbirciato: dentro c'era una cartolina con la foto di un palazzo e di un parco e di fianco, in piccolo, c'era scritto "prenditi cura di Eunyu". Proprio così, era senza dubbio il mio nome!

Avevo deciso di chiedere a mio padre da dove venissero quelle lettere e perché ci fosse scritto il mio nome sopra, ma alla fine non sono riuscita a dirgli una parola.

Quando mio padre ha visto la busta strappata ci è rimasto di sasso, e io me la sono fatta sotto perché pensavo che mi avrebbe sgridata per aver letto la lettera senza permesso.

Dopo quella volta, non le ho mai più viste, ma non so se sia perché mio padre le abbia fatte sparire prima che le trovassi o perché semplicemente non siano più arrivate.

Ho vissuto fino a ora avendo completamente rimosso tutto questo, ma... e se quelle lettere fossero state di mia madre?

Che strano, per quanto ci provi non riesco bene a immaginarmi mia madre viva. A te sembrerà ridicolo, ma io continuo a sospettare di mio padre.

Sai, ho una cicatrice sulla fronte. A quanto dice mia nonna me la sono fatta cadendo da piccola, ma mio padre, quando ne parliamo, sembra non averne idea.

Magari, per quanto ne so, potrebbe essere stato lui a farmela, e così come ha ferito me sulla fronte, potrebbe aver fatto qualcosa a mia madre.

Sai, se vuoi trovare mia madre dovresti perlomeno sapere il suo nome, ma come ti ho detto la scorsa volta non so nulla di lei.

Probabilmente sarà quasi impossibile trovarla, ma ti sono comunque grata per aver anche solo deciso di provarci. Davvero, grazie di cuore. A me basta anche solo che tu ascolti quello che ho da dirti, mi fa sentire sollevata come se avessi già trovato mia madre.

Ah, una buona notizia: visto che hai pensato di fare tutto questo per me, anche io ti mando un regalo. Sì, sono proprio gli esercizi dell'esame di ammissione di cui mi hai parlato fino allo sfinimento. Sappi che ho dovuto scandagliare tutto internet per quattro giorni per trovarteli.

Chi l'avrebbe mai detto che avrei trovato i test di ammissione di così tanto tempo fa... Visto? Ci so fare, eh?

Mi immagino te che urli dalla gioia quando li riceverai e mi sento felice.

Ora, costi quello che costi, devi far fare un bagno di umiltà a tua sorella e devi far sì che tua madre non ti sottovaluti più.
Spero che andrai bene all'esame.

1/5/2016
Eunyu, rassicurata dall'aver trovato
una sorella maggiore

20

A Eunyu, che mi ha causato dolore e dispiacere

Ciao, come stai? Sono contenta di sentire che stavi aspettando con ansia la mia lettera. Non so perché la scorsa volta ti sia arrivata così tardi, ti ho risposto subito non appena ho ricevuto la tua.

Grazie per avermi mostrato i tuoi sentimenti più sinceri, così come non avevi mai potuto fare con nessun altro.

Non so se tu ti senta sollevata o a disagio perché pensi di aver detto delle cose che non avresti dovuto dire, ma ogni tanto fa bene buttare fuori tutto quello che uno ha dentro di sé.

Il petto è lo spazio che custodisce il cuore, perciò se il cuore si appesantisce troppo e non si sputa fuori quello che si è accumulato si sente un peso opprimente, come se il petto stesse per scoppiare.

Eunyu, non puoi nemmeno immaginare come mi sia messa a saltare da una parte all'altra quando è arrivata la tua lettera. Ho afferrato la maniglia della porta della mia stanza e mi sono persino messa a ballare! Per far sì che non si sentisse troppo casino ho affondato la faccia nel cuscino e mi sono messa a urlare.

Waaah!!!

Oddio, davvero mi sta capitando questo miracolo? Gli esercizi dell'esame di ammissione finalmente nelle mie mani!

Ho iniziato a memorizzare tutti gli esercizi, e i miei genitori, che pensavano che non ci fosse cosa più lontana da me della voglia di studiare, vedendomi alla scrivania giorno dopo giorno si sono addirittura preoccupati. Mi chiedevano se fossi di nuovo posseduta, se stessi bene con la testa, o se mi fosse successo qualcosa di brutto. Ma alla fine le preoccupazioni di mia madre sono sparite nel giro di una settimana, insieme ai suoi sospiri di sollievo.

«Finalmente hai deciso di diventare una persona normale» ha detto.

A quanto pare, ha deciso di riconoscermi come una "persona normale" solo quando mi ha visto studiare.

Proprio un perfetto *happy ending*, non trovi?

Come sarebbe bello se potessi concludere qui la lettera. Ma purtroppo, per colpa degli scherzi di una terribile divinità, devo per forza affrontare dolori e peripezie. E per di più il demone che mi ha causato tutto questo sei proprio tu.

Eunyu! Stai scherzando, vero? È così, no? Vero?

Deve essere così, ti prego, dimmi che è così, dimmi che ci sono altri fogli oltre agli esercizi che mi hai mandato, ti prego!

Non l'avrai mica fatto apposta, no? Io farò il test di ammissione nel 1992, non nel 1991!

Oddio, vuoi dirmi davvero che un'occasione del genere, che capita una sola volta nella vita, è andata in fumo così? Mi sento come se mi avessero tirato un pugno forte nello stomaco, come se avessi fatto tutto invano, e per di più il colpo ben assestato me l'ha dato la persona di cui mi fidavo di più. Proprio una pugnalata alle spalle.

Prima che arrivi la tua risposta ci vorrà come minimo un anno, in poche parole vuol dire che il mio esame di ammissione va a farsi benedire.

Oh, Dio! Buddha! Divinità delle montagne!

Perché mi causate tutta questa sofferenza? Sarebbe bastato memorizzare tutte le risposte, perché non mi avete lasciato questa meravigliosa opportunità?

A questo punto sarebbe stato meglio non sapere niente. Quando ho realizzato che un'occasione così succosa era svanita in questo modo sono stata travolta dalla disperazione. Ora non riesco nemmeno a studiare, *urgh*. Lo shock è stato così forte che faccio fatica a continuare a scrivere. Stammi bene e alla prossima.

Avevo deciso di smettere di scrivere, ma ci ho ripensato e così eccomi ancora qui. Sento il sangue che mi ribolle nelle vene, ma che posso farci. Non è colpa tua se le cose sono andate così, è che io sono estremamente sfortunata. Il mio esame è andato in fumo, ma il nostro piano no, vero? Non ho deciso di aiutarti solo perché tu in cambio mi avresti mandato le risposte del test, l'ho fatto con le migliori intenzioni possibili, giuro.

Hai detto di non sapere nulla di tua madre, no? Allora dammi delle informazioni su tuo padre. Lo troverò e lo terrò d'occhio: a un certo punto dovrà pur incontrare tua madre. Come ti sembra il mio piano? In momenti come questo penso davvero che la mia testa funzioni piuttosto bene, dopo tutto.

Ah, sì, probabilmente sarà difficile, ma prova a scoprire come si sono conosciuti i tuoi, sarebbe di grande aiuto nella ricerca di tua madre.

Non sono mai andata alla ricerca di qualcuno, e dubito di essere in grado di fare tutto per bene, ma in qualche modo farò. Tu però devi essere cooperativa. Scopri più informazioni possibile, devi succhiare informazioni come una sanguisuga e farmele sapere.

Ora, l'idea di trovare tuo padre mi fa un tantino paura, in effetti. Se quello che mi hai detto dovesse rivelarsi vero – tutto quello che ti sei immaginata, dico – che si fa? Se davvero ha fatto qualcosa di brutto a tua madre così come ha colpito te sulla fronte... Ma no, dai, figurati.

Mi sto persino mangiando le unghie, tanto sono nervosa.

E se, preoccupandomi troppo per tua madre, finissi per rovinare il loro rapporto?

Se dicessi: "Scusi, torni in sé, guardi che quel ragazzo è pericoloso!", dici che sarei esagerata? Penso che potrei perlomeno dire a tuo padre, bruscamente: "Tratti bene la sua futura figlia!".

Lascia che me la veda io con le conseguenze, tu dammi informazioni su tuo padre. La responsabilità me la prendo tutta io.

Il tempo vola davvero. Non manca nemmeno un anno alla fine della scuola. Frequentando le superiori mi sono tornate in mente le tue parole. Hai detto che nel tuo mondo i ragazzi, quando sono in seconda media, dicono che hanno la "sindrome della seconda media", vero?

Per essere allo stesso livello delle persone del futuro, definirei la routine dell'ultimo anno delle superiori come "il cancro della terza superiore": a furia di stare tutto il giorno alla scrivania mi sento a pezzi, ed è così in continuazione, come una malattia cronica. Ma, aspettando le tue lettere, mi sembra che il tempo passi in un attimo.

Per quando arriverà la tua risposta spero di aver finito questo inferno che sono le superiori e di essere una studentessa universitaria molto *cool*. Anche se non so nemmeno se riuscirò a entrarci, all'università.

In ogni caso, non sei stata tu ad aver combinato questo casino, non fraintendermi.

Stammi bene.

12/4/1991
Da Eunyu, a cui è appena andato in fumo
l'esame di ammissione

21

A Eunyu (mi dispiace tanto!)

Eunyu!!!

È stato un errore di calcolo, te lo giuro! Volevo davvero aiutarti, non avevo la minima intenzione di prenderti in giro, credimi, ti prego! È la verità!

Ah, e adesso? Anche se ti dicessi cento volte che mi dispiace, come farai a perdonarmi? Ormai il danno è fatto. Io l'ho fatto per te, non avrei mai potuto immaginare che sarebbe finita così. Siccome quando mi hai parlato dell'esame era il '91, ho pensato che l'anno fosse quello. :-(

Eunyu, Eunyu. Una cosa pazzesca!

Mi si è accesa una lampadina in testa, un'idea geniale che ti farà dimenticare l'esame di ammissione:

il lotto!!!

Hai mai sentito parlare del lotto? Non credo, come avresti potuto? Ho scoperto che esiste dal 2002. Praticamente è un biglietto fortunato con cinque numeri, e se escono quei numeri lì ti danno un sacco di soldi. In poche parole, è la svolta della vita.

A Capodanno, quando vedono sorgere il primo sole dell'anno nuovo, le persone esprimono un desiderio, no?

Tutti quanti, a mani giunte, esprimono questo desiderio:

"Ti prego, fai che vinca alla lotteria."

Cosa pensi che significhi? Che è proprio il desiderio di tutti.

I minorenni non possono comprare i biglietti, ma nel 2002 ormai sarai già un'adulta.

Hai capito cosa voglio dirti?

Per di più non c'è mai stato nessuno che abbia vinto il primo premio. Ma prima o poi quell'eroe verrà fuori, e sarai proprio tu! Nel 2002 ti renderò la prima persona a essersi aggiudicata il montepremi. Perciò, puoi perdonarmi per la cosa del test, vero?

Non so a quanto ammonti il montepremi, ma ho cercato l'estrazione del secondo turno e il primo premio era di due miliardi. Due miliardi, Eunyu! Cos'è il test di ammissione, in confronto? Comincio piano piano a invidiarti, non so cosa farei se vincessi tutti quei soldi. Più tardi, quando ci incontreremo, me ne darai un po', vero?

Vorrei darti i numeri del lotto ora, ma non sai nemmeno cosa sia o come partecipare, no? Succederebbe un casino se la voce dovesse arrivare a qualcun altro, fidati di me e aspetta.

L'altra volta, quando mi hai detto che avresti cercato mia madre, è stato come se qualcuno mi avesse tirato una botta in testa. Mi sentivo confusa, come se stessi per svenire, ma poi è stato come se qualcuno mi avesse tirato per le orecchie e mi avesse urlato:

"Brutta stupida! Ci sei arrivata solo adesso? Il mistero, e tutto il resto, è finito ora!"

E così, di colpo, sono tornata in me. Sì, non è stata certo una coincidenza a farci conoscere, è stata un'opportunità che ci è stata data dal cielo: io posso risolvere il mistero di mia madre e tu puoi dare una svolta alla tua vita.

Grazie mille, Eunyu. Io farò davvero del mio meglio, promesso.

Allora, mi hai detto di darti delle informazioni su mio padre, no?

Sai, mi sento un po' strana a parlarti di lui. Mi sono resa conto che nel tuo mondo mio papà non avrà nemmeno vent'anni. Hai mai provato a immaginarti tuo padre quando era giovane? Io nemmeno una volta. Se ci provassi, come posso dire, mi sentirei più o meno come mi sentirei se provassi a immaginare me da vecchia.

Ora che devo parlarti di lui ti stupirai di quanto poco io sappia sul suo conto. Pensavo che fosse solo mio padre a essere totalmente disinteressato a me, ma anche io non sono stata da meno.

Come possiamo essere padre e figlia se siamo così indifferenti l'uno all'altra?

Quello che so su mio padre è più o meno quanto sa la signora del minimarket davanti a casa nostra: è alto, lavora in un'azienda che si occupa di macchine e stacca tardi dal lavoro. Ultimamente si frequenta con una e qualche volta ride persino (e questa cosa mi fa venire la pelle d'oca), ma di solito la sua espressione non cambia, come se fosse fatto di pietra.

Fortunatamente, rispetto alla signora del minimarket, conosco mio padre da molto più tempo, e ho anche un asso nella manica: i miei nonni.

Si chiama Song Hyeoncheol.

È nato a Seul nel 1973.

Si è laureato alla Daehan University e lavora in un'azienda che si occupa di automobili.

Se conoscessi mio padre, diresti che non ci azzecca niente col suo lavoro.

Perché? Perché non sa guidare. Non so come abbia fatto a finire in quel tipo di azienda uno che non ha nemmeno la macchina. Stando a mia nonna, quando le cose che gli piacciono diventano un lavoro, finisce per odiarle. Chissà, magari una volta gli piacevano le macchine.

È alto un metro e ottantasette e pesa cento chili. Mi sa che non riesci bene a immaginartelo, quindi aggiungerò qualche dettaglio: quando si mette la camicia lo spazio tra un bottone e l'altro si apre e sembra una bocca. La pancia è piuttosto sporgente, muscoli non ne ha per niente, è come se fosse un pezzo unico.

Questo è tutto quello che so su mio padre. Le informazioni sono un po' scarse, vero? Già, non sono un granché, e con così poche informazioni è più o meno come se ti chiedessi di trovare l'acqua nel deserto. Quindi, per aiutarti, ho fatto un piccolo sforzo.

Mi sono fatta coraggio e ho chiesto a mio padre:

«Papà, com'eri quando andavi a scuola?»

Per chiederglielo, e non ti sto dicendo una bugia, mi sarò esercitata trecento volte. Ti chiederai perché mi sia esercitata così tanto per una domanda che non è niente di che, ma sai che tra me e mio padre... come posso dire, il nostro rapporto è strano.

Non sai quanto sia arrossita dopo averglielo chiesto. E se mi avesse ignorata? Se mi avesse chiesto perché mi interessava? Se mi avesse chiesto cosa avrei fatto una volta che l'avessi saputo, cosa avrei risposto? Insomma, stavo pensando a cinquantamila cose diverse contemporaneamente. Per fortuna niente di tutto ciò è successo.

Al contrario, mi è sembrato che il fatto che fossi curiosa della sua giovinezza lo abbia sorpreso positivamente. Quando gli ho chiesto perché fosse così stupito, mi ha risposto così:

«Ero proprio curioso di sapere cosa pensano le ragazze della tua età, sai?»

Mi ha detto che si era sempre chiesto a che cosa fossero interessate le ragazze.

Sai che cosa ho pensato in quel momento?

Papà sarà anche padre per la prima volta, ma anche io sono figlia per la prima volta.

Sarebbe bello provare ad andare d'accordo, e dato che è la prima volta per entrambi non ci conosciamo ancora bene.

E poi mio padre,

per la prima volta,

ha parlato di mia madre.

Quando la parola "mamma" è uscita dalla sua bocca, ho sentito il cuore in gola. Mi batteva così forte che lo sentivo pulsare persino sul viso e sulle dita.

Ha detto che la prima volta che l'ha vista è stata all'università.

La cosa degna di nota è che mentre parlava di queste cose sorrideva timidamente.

Riesci a crederci? Mio padre sorrideva *timidamente*.

Come se fosse innamorato, come se mamma fosse lì davanti ai suoi occhi.

Sembrava un timido germoglio appena nato in primavera. Fa ridere, vero? Un uomo di oltre quarant'anni che sente le farfalle nello stomaco.

Vedendolo così, mi è venuta voglia di fargli domande in continuazione.

"Song Eunyu, non fiatare, non puoi assolutamente chiederglielo." Ero determinatissima a non dirlo, ma alla fine, senza accorgermene, mi sono fatta scappare quello che avevo sulla punta della lingua.

«Ti piace di più la mamma o la donna con cui ti frequenti ora?»

Sì, è proprio come pensi, la domanda peggiore tra le peggiori.

L'atmosfera tiepida primaverile è scomparsa, ed è subito sceso il gelo. Il germoglio è diventato grigio e si è seccato. Fine.

Da quel momento mio padre non ha più aperto bocca.

Se fosse stato il papà di un tempo avrei avuto paura, ma stavolta non ne avevo neanche un po'. Ho pensato che tu mi fossi vicina, pur vivendo in un passato lontano, ed è andato tutto bene.

Ci vorrà molto tempo prima che mio padre si metta di nuovo a parlare del suo passato.

Scusa, mi sono sforzata ma non ho scoperto un granché. Va be', mi sa che mi toccherà andare a trovare mia nonna.

Eunyu, grazie ancora.

10/5/2016
Eunyu, dal futuro

22
Alla mia amica, a cui credo ciecamente

Waaah!

Saltiamo i saluti eccetera, ci sono cose più urgenti dei convenevoli.

Due, due, due miliardi?! Quando ho letto la tua lettera ho urlato così forte che mia mamma pensava che ci fosse un incendio e mi ha dato un sacco di botte sulla schiena, forti. Ma non mi ha fatto male, tranquilla.

Davvero esiste un biglietto del genere? Il lotto, dico. Preparati e spara i numeri, allora! Voglio dire, è decisamente meglio della raccolta punti del supermercato.

No, non ho mica detto che avrei cercato i tuoi solo per avere il biglietto della lotteria. Anche se non ci guadagno nulla a parlare con una ragazza del futuro ora che l'opportunità di sapere le risposte del test di ammissione è andata in fumo... Insomma quello che voglio dire è...

... è che farò tutto quello che posso per trovare i tuoi genitori! Sono disposta a tutto!

Se devo essere sincera sono stata molto in ansia, mi chiedevo se mi avresti mandato di nuovo le risposte, o se, magari, la lettera sarebbe arrivata prima rispetto alle altre volte. Dopo essermi scervellata su come riuscire ad avere in tempo il tuo aiuto e passare l'esame, sono tornata in me e in qualche modo sono riuscita a passarlo. Ovviamente non ce l'ho fatta a entrare in una buona università come quella in cui è stata ammessa mia sorella, ma i miei hanno detto che sono piuttosto soddisfatti.

Hanno detto cose tipo: "Oddio, eravamo così preoccupati

che non riuscisse ad arrivare da nessuna parte, invece grazie a Dio almeno in una è riuscita a entrare".

A volte, nella vita, non avere aspettative aiuta.

Se facciamo un paragone con il liceo, la vita all'università è un paradiso, un paradiso ti dico!

Le lezioni non iniziano prima delle nove, e la cosa ancora più meravigliosa è che se anche ne salti qualcuna, nessuno ti dice niente.

È proprio il posto perfetto per me.

Non c'è nemmeno bisogno, come al liceo, di stare col sedere incollato alla scrivania da quando ti alzi la mattina presto fino a tarda notte. Ovviamente ci sono sempre i secchioni che continuano a studiare in continuazione come facevano prima, ma quella è una loro scelta. Ecco, sì, è proprio questa la differenza tra l'università e il liceo: una scegli di farla, l'altro no.

Alle superiori, sia i ragazzi che volevano studiare sia quelli che avrebbero preferito morire piuttosto che aprire un libro dovevano tutti stare seduti e studiare, no? Ma qui posso gestire tutto come mi pare: lezioni, club, tutto!

Quindi non appena cominci l'università devi porti delle domande:

Vuoi studiare? Allora studia.

Vuoi un mondo migliore? Allora scendi in strada e protesta.

Vuoi fidanzarti? Allora prova gli appuntamenti al buio.

Ovviamente anche io mi sono posta delle domande, e dato che voglio divertirmi la risposta è stata scontata: "Che stai aspettando, allora? Vai e divertiti".

Ultimamente mi siedo spesso sull'erba, e mentre ascolto le canzoni di Shin Seunghoon e degli 015B mi sento veramente libera. All'università ho conosciuto un lato di me che prima non conoscevo. Se vedessi come sono brava a ballare e cantare quando sono ubriaca rimarresti a bocca aperta, sai? Grazie alle mie straordinarie performance ho preso delle sbronze assurde e mi sono sorbita le sgridate di mia madre, ma tutto compensa quell'inferno che è stato l'ultimo anno delle superiori.

Nel futuro la vita scolastica è tanto diversa? Tu sei già nel

Ventunesimo secolo, quindi immagino sarà parecchio differente. Com'è lì da te?

Tu come stai?

A ogni modo, mi hai detto che tuo papà è andato alla Daehan University, no?

Però, un curriculum niente male. Avrà passato le giornate a studiare, è ovvio. Ecco perché non conosce nemmeno la propria figlia. Ah, la questione si fa complicata, sono già stanca.

Questa cosa l'ho capita osservando mia sorella: i ragazzi che non fanno altro che studiare pensano di essere i migliori, ecco perché non riesco ad andarci d'accordo. Hanno i paraocchi e credono che lo studio sia tutto nella vita, e se non sei bravo a studiare ti ignorano... Sì, proprio così, tra i miei amici non c'è una singola persona che sia riuscita a entrare in una buona università. Persino quella perfettina di mia sorella non è riuscita a entrare alla Daehan University, ho detto tutto.

Per questo quando ho letto che tuo padre studiava lì mi sono sentita persa. Mi sono spremuta le meningi per capire come trovarlo, e alla fine ho deciso di buttarmi.

Senza nemmeno un piano preciso, mi sono infiltrata alla Daehan. Sono fuori di testa, lo so. Ma con che coraggio mi sono spinta fino a lì? È grande almeno il doppio rispetto alla mia università.

Mentre ti scrivo questa lettera sto ripensando a quello che ho fatto, e sono stata davvero un'incosciente, ma ero davvero convinta di riuscire a trovare tuo padre.

Non sono poi tanti i ragazzi alti come lui, no? E poi hai detto che è grasso, quindi ho pensato che mi sarebbe bastato andare alla Daehan e mi sarebbe saltato subito all'occhio. Ma non riuscivo a trovare nessuno fatto così. A furia di scrutare le persone ha iniziato a girarmi la testa. A quel punto, ho realizzato: "Ah già, l'unico indizio che ho è il suo nome".

Sono davvero andata fino a lì sapendo solo il suo nome. Ho pensato che dopotutto i miei avevano ragione: sono un'idiota. Poi, ci sono arrivata solo dopo aver girovagato per il campus per tutto il giorno, ma effettivamente tuo padre ha un nome molto comune.

Mi sono persa e un ragazzo mi si è avvicinato, probabilmente perché gli facevo pena.

«Sei una matricola?» mi ha chiesto.

Gli ho detto che ero sì una matricola, ma che non frequentavo quell'università.

«Cerchi un posto in particolare?»

A quel punto non sapevo bene cosa rispondergli.

«Non sto cercando un posto, sto cercando una persona. Non è che conosci un certo Song Hyeoncheol? È alto, un po' grassottello.»

A quel punto il ragazzo mi ha guardato con un'espressione un po' stranita e mi ha detto che lo conosceva.

Non so come sia successo, di colpo ho chiesto a quel ragazzo di portarmi da lui e che dovevo assolutamente incontrarlo. Quel ragazzo, molto gentile devo dire, mi ha fatto cenno di seguirlo.

Eravamo davanti al terzo edificio dal cancello d'ingresso, da lì abbiamo fatto una salita, siamo passati oltre un laghetto e su un prato e poi, finalmente, siamo arrivati. È stata davvero un'avventura, te lo giuro, mano destra sul cuore.

Mi dispiaceva da morire che quel ragazzo avesse fatto tutta quella strada per me, quindi gli ho detto che la prossima volta gli avrei offerto un caffè. Fino a quel punto è andato tutto bene. Onestamente quel ragazzo assomigliava leggermente a Shin Seunghoon, era gentile e molto carino, sai?

«Un caffè mi va bene, ma se hai un po' di tempo preferirei che ascoltassi quello che ho da dirti.» Mi ha risposto.

Oddio, ascoltare un ragazzo che sembra Shin Seunghoon? Potrei ascoltarlo tutto il giorno, ho pensato.

E qui sono cominciati i problemi.

«Hai una bella aura, sembri anche molto felice. Be', se preghi gli antenati è ovvio che la fortuna ti sorrida. È evidente che la tua famiglia faccia i riti ancestrali come si deve.»

Oh cacchio, ho pensato. Era proprio un membro di quelle sette di cui avevo solo sentito parlare. Non sai per quanto ho dovuto sorbirmi i suoi discorsi sulla felicità, i riti ancestrali, le preghiere agli antenati e sulla "Via". Fortunatamente sono riuscita a trovare Song Hyeoncheol prima di diventare completamente rintronata.

Per essere precisi, ho trovato "il professor Song Hyeoncheol".

Mi sono venuti i capelli bianchi.

Hai idea di quanto mi sentissi a disagio? Se avessi potuto sarei scappata dall'aula saltando dalla finestra, non scherzo! Proprio in quel momento mi è tornata in mente la lotteria.

Ho pensato, l'imbarazzo dura un attimo, i soldi tutta la vita. Così, mentre dentro di me gridavo e gridavo, ho chiesto di nuovo un po' in giro e alla fine sono riuscita a trovare l'altro Song Hyeoncheol.

Non il professore, ma quello nato nel 1973, alto eccetera. Dato che mi hai detto che tuo padre lavora in un'azienda che ha a che fare con le auto, pensavo di trovarlo alla facoltà di ingegneria dell'auto o di ingegneria meccanica, invece studia belle arti.

All'inizio pensavo che potesse anche non essere lui, non ne ero sicura. Hai detto che tuo papà pesa oltre cento chili, no? Ma il ragazzo che ho trovato io è uno stecco.

Comunque, il primo incontro è stato un sacco imbarazzante.

Del resto, prima di chiedergli determinate cose o impedirgli di incontrare tua madre dovevo capire se effettivamente fosse tuo padre o meno, no?

Allora gli ho fatto delle domande:

«Hai la ragazza?»

«Perché me lo chiedi?»

«C'è una cosa che devo verificare. Non farmi domande, per favore, limitati a rispondere.»

Non provavo più il minimo imbarazzo, pensavo solo a me.

«No, non ce l'ho.»

«Ok, prossima domanda. Per caso prima eri grasso e poi hai perso peso?»

Anche se ho fatto una domanda parecchio scortese, "tuo padre" ha riso di gusto e poi, molto educatamente, mi ha risposto:

«No, io di base tendo a non prendere peso.»

Mi sarei dovuta fermare qui. Ma c'era qualcos'altro che volevo verificare, non so, quindi ho finito per chiedergli una cosa che non avrei dovuto chiedergli.

«Per caso in futuro vuoi avere una figlia?»

È sbiancato, come se gli avessi chiesto se volesse fare un figlio con me…

Pensaci un attimo.

Come ti sentiresti se un ragazzo che non conosci venisse a cercarti, ti guardasse dritta negli occhi e ti parlasse di avere un bambino nel futuro? Ovviamente ti verrebbe la pelle d'oca dallo spavento, non ti pare?

Anche Song Hyeoncheol ha reagito così, era davvero spaventato.

«Si può sapere chi diavolo sei?»

«Non posso dirtelo, ma sembra proprio che tu non sia la persona che sto cercando. Mi sono sbagliata, scusami.»

E me ne sono andata di corsa, perché era ovvio che non fosse tuo padre.

Non era scontroso, né grasso, anzi era gentile, aveva dei tratti ben definiti, dita lunghe e affusolate proprio come il tipico studente diligente che non fa altro che stare sui libri. Ma soprattutto non sembrava assolutamente il tipo di persona che sarebbe totalmente disinteressata alla propria figlia e che porterebbe a casa una matrigna così all'improvviso.

Probabilmente si starà chiedendo perché quella pazza, cioè io, sia andata a cercarlo, ma comunque sono tornata perdente anche dalla seconda impresa.

Avrei voluto scriverti che avevo trovato tuo padre, ma con queste poche informazioni mi sa che è impossibile riuscirci. Non vorrai mica che parli con tutti quelli che si chiamano Song Hyeoncheol e che frequentano la Daehan, vero? Se non è così, allora mi impegnerò un po' di più, ma se mi mandassi una foto sarebbe perfetto.

Ultimamente sto così tanto tempo alla Daehan che i miei amici mi chiedono se il mio tipo ideale siano i ragazzi che studiano lì. Dopo avergli detto che non è così e che sto cercando una persona mi hanno preso in giro dicendo che sono innamorata di qualcuno che non mi ricambia. Tutto grazie a Song Hyeoncheol, che non so nemmeno che faccia abbia.

In poche parole, sono diventata l'innamorata non corrisposta di tuo padre.

Quindi, mi devo preparare bene mentre ascolto le canzoni dei 015B. Rispondimi in fretta.

Ora è giunto il momento di separarci. È un peccato, ma il tempo ci farà incontrare di nuovo, no?

25/4/1992
Eunyu

P.S. Chiedo giusto così, tanto per, ma tuo papà non è un tipo violento, vero? Uno che fa a pugni o esplode all'improvviso. Da giovane faceva palestra? Chiedo solo per curiosità.

23

A Eunyu (spero che tu stia passando una buona giornata)

Ciao Eunyu, come stai? Innanzitutto rido ahahahahahahahah ahahahahahahahahahahahahahahahahahahahahah, ah mi fa male la pancia.

Sei davvero forte, come hai potuto chiedere a un estraneo se avesse intenzione di avere figli in futuro. Ahahah.

Ultimamente mi sono successe solo cose brutte e sono stata davvero depressa, ma grazie a te ho riso un sacco.

Davvero la vita all'università è così bella? Allora non so proprio che fare. Sai, in realtà non ho intenzione di andare all'università. Con i soldi della tassa di iscrizione vorrei aprire quel piccolo locale di cui ti ho parlato, anche se ultimamente mi sembra un po' difficile.

Ho già fatto almeno tre o quattro colloqui per dei part-time, ma sono stata sempre scartata. Dicono che dato che sono minorenne ho bisogno del permesso dei genitori e *bla bla bla*. Se potessi avere il permesso di mio padre probabilmente gli chiederei direttamente di aumentarmi la paghetta, altro che lavorare part-time. Che nervoso! Di recente passo le giornate su internet alla ricerca di posti che non richiedano il permesso di un adulto. Ho provato a chiedere in alcuni forum e a quanto pare ce ne sono tanti.

Comunque, è così divertente andare a bere tutti i giorni? Non so, sarà che io non ho mai provato, però alla tv hanno detto che le persone fanno cose strane quando si ubriacano e perdono lucidità. Alcune non riescono a ritrovare casa propria e dormono per strada dove gli capita, altre fanno cose che non dovrebbero ai propri amici, e via così.

Ti sembra divertente? Per quanto tu possa essere in confidenza con qualcuno c'è sempre un limite no? Devi per forza bere fino a quando sei ubriaca marcia? Rovinandoti la salute, tra l'altro? Non capisco. Che ne dici di provare a bere un po' meno? So che ti sembrerà che io ti stia sgridando, ma lo dico solo per il tuo bene.

Sai, un po' di tempo fa papà ha davvero superato il limite e io sono andata su tutte le furie.

Senza dirmi nulla ha invitato quella là a casa nostra e le ha persino preparato la cena! E non è tutto, è persino andato a fare la spesa prima!

Ah, se ci ripenso mi viene un nervoso!

Ho avuto da dire con quella. A quanto pare ha capito che non mi sta per niente simpatica. Stando a lei il mio atteggiamento quando c'è papà e quello quando siamo solo io e lei sono molto diversi. Be', ormai mi aveva beccata, quindi gliel'ho detto chiaramente:

«Sì, è vero, non ti sopporto.»

«Anch'io penso che tu non sia un gran che, sei arrogante.»

Non avrebbe dovuto dire "proviamo ad andare d'accordo" o perlomeno "farò uno sforzo perché il nostro rapporto migliori" o cose così? Come ha potuto essere così sfacciata?

Ma quello che ci siamo dette dopo ti farà ancora più ridere.

«Se mi odi perché ti sposi con mio padre?»

«Perché mi piace, è ovvio. Non mi sposo certo per te. Più in là, quando avrai un fidanzato, capirai.»

Avresti dovuto vedere la mia faccia disgustata.

«Non c'è bisogno di fare quella faccia, tanto prima o poi ti piacerò.»

Ma che stupidaggini va dicendo? Allora, subito, le ho chiesto:

«E perché dovresti piacermi?»

Allora ha fatto quella sua tipica espressione arrogante e odiosa.

«Siamo oneste l'una con l'altra. Tu non mi sopporti, io non sono certo pazza di te, quindi non sforziamoci di fingere che andiamo d'accordo.»

Mi ha anticipata! Avrei dovuto dirglielo io per prima! Non ho ancora sbollito la rabbia.

«Non preoccuparti, non c'è pericolo che tu possa starmi simpatica.»

A quel punto ha scrollato le spalle, quasi come se fosse d'accordo con me, e poi ha mormorato qualcosa, quasi come se stesse parlando da sola.

«Anche dopo aver ricevuto quella lettera? Chissà...»

Eunyu, te lo giuro, è andata davvero così. Ha detto "quella lettera".

«Di che cosa stai parlando?»

«Cosa?»

«Hai appena menzionato una lettera.»

«Chi, io?»

Ha fatto l'ingenua, ha detto che non era vero e ha continuato a negare, ma io l'ho sentita chiaramente.

Che cosa avrà voluto dire? Non avrà mica rovistato nei cassetti della mia scrivania? Anche se sembra proprio di sì. Non gliela farò passare liscia.

In ogni caso, ho una buona notizia per te. Come ti avevo accennato la scorsa volta, sono stata a casa dei miei nonni. Pensavano che fossi andata lì per via del matrimonio di mio padre.

Mia nonna ha capito subito che non era così, e mio nonno comunque sembra contento per lui. Dice che non può stare solo per sempre e cose così. Non ho bisogno di dirti di che umore fossi, hai capito, no?

Ho chiesto a mia nonna di parlarmi di quando mio padre era piccolo. Mi ha detto che era un monello, il più monello del quartiere.

Rompeva tutti i vasi di terracotta, quelli che contenevano la *gochujang** e la *doenjang*:** non ne rimaneva uno intero. Li rompeva e con le salse o i condimenti che c'erano dentro sca-

* Salsa fermentata piccante a base di peperoncino rosso. (*NdT*)

** Salsa molto spessa di fagioli di soia fermentati. (*NdT*) rabocchiava sui muri. Non era semplicemente un monello, ma un vero e proprio piantagrane.

Mentre mi raccontava tutto questo (a cui facevo fatica a credere), la nonna non smetteva di sorridere. Ha parlato in continuazione quasi senza prendere fiato, come se avesse aspettato a lungo che gli chiedessi di parlarmi di lui. Ha anche tenuto tutte le medaglie che ha ricevuto a scuola e mi ha fatto vedere alcune sue foto: papà da piccolo, tutto nudo a mollo in una bacinella; papà con la divisa militare zebrata che si usava ai tempi, quando ancora si facevano esercitazioni militari nei licei; la foto del diploma, con la nonna che indossava una giacca con le spalline enormi.

Guardando le foto mi sono sentita strana.

Mi sarebbe bastato decidere di venire qui e avrei potuto conoscere una parte di papà di cui non ero mai venuta a conoscenza, ma perché l'ho realizzato solo ora?

Ti mando una foto di quelle che mi ha dato la nonna, ti sarà d'aiuto. È ovvio che tu non riesca a trovarlo… Oddio, ho scoperto che da giovane era davvero magro! In questa foto dove indossa una camicia di flanella sembra davvero sciatto, ma non è poi così male come pensavo.

Mentre cercavo le foto di papà ho pensato che magari avrei trovato anche quelle di mamma e ho cercato davvero dappertutto, ma proprio non ce ne sono. Ma perché diavolo avranno nascosto tutte le sue foto?

Mi è venuta in mente un'altra strana teoria: in realtà mio padre è terrorizzato dalle donne. Non è mai uscito con una e non si è mai sposato. Un giorno ha sentito un neonato piangere, è corso fuori e davanti a casa ha trovato un bebè abbandonato. Ovviamente quel neonato sono io. Siccome gli ho fatto pena ha deciso di crescermi. Il problema è che col passare del tempo non è mai riuscito a sorridermi, perché ha il terrore delle donne, appunto.

Mmh, mi sembra abbastanza sensata, sai?

Il problema è, come ha fatto di colpo a farsi rubare il cuore da quella là? Gli è passata la fobia del genere femminile? Tu che ne pensi?

Ah, giusto. Sei curiosa di come sia il futuro, no? Non so se posso dire che il 2016 è meglio del passato in cui vivi tu, perché io non ho mai vissuto in quei tempi. Però gli adulti dicono sempre "una volta si stava così bene", quindi non penso che il futuro sia tanto meglio.

20/5/2016
Eunyu, da un futuro in cui
non succede nulla di bello

24
Alla mia amica del futuro

Waaah! (Sì, stavolta inizio la lettera proprio con "*waaah*").

Wow, wow. Calmiamoci. Se ci penso mi gira la testa e mi si attorcigliano le budella, ma proverò a calmarmi per dirti le cose come stanno per filo e per segno. Prima però devo bere un bicchiere d'acqua.

Inizierò col raccontarti cosa ho fatto mentre aspettavo la tua risposta. Ho fatto, frequentemente, quella cosa che tu hai definito "non poi così divertente". Ho bevuto e fatto nuove amicizie. Hai ragione, quando si beve si finisce col fare cose strane e perdere lucidità, si fanno un sacco di cose che da sobri non si farebbero mai.

Ma c'è una cosa che voglio dirti: alla fine, che male c'è? Il mondo è pieno di cose strane, e poi a volte fare figuracce è proprio un modo per rompere il ghiaccio ed entrare più in confidenza con le persone. Già, dopotutto errare è umano, no?

Però, nonostante tutto questo, mi vergogno un sacco di quello che ho fatto.

Sai, qualche mese fa ho fatto un'uscita a quattro. Ultimamente il mio aspetto non è niente male… va be', chi voglio prendere il giro? Sono andata come rimpiazzo di un'altra.

Nonostante ciò sono finita a parlare col ragazzo più carino. Quando l'atmosfera diventava un po' imbarazzante lui faceva battute divertenti, aveva buone maniere e una voce meravigliosa, insomma, proprio un ragazzo educato. Se non fosse stato per quel maledetto alcool ora saremmo già pazzi l'uno dell'altra…

Non so, mi sono ubriacata e gli ho detto che dovevo trovare Song Hyeoncheol o qualcosa del genere.

«Song Hyeoncheol? E chi è? Perché sei così ansiosa di trovarlo?» mi ha chiesto.

Sai cosa gli ho risposto?

«È la mia lotteria! La lotteria!»

A quel punto la mia amica è sbiancata. Per paura che dicessi di nuovo stupidaggini sul futuro, sulla svolta della vita eccetera eccetera mi ha tappato la bocca.

«Ma cos'è la lotteria?»

Ma io ho spinto via la mano della mia amica e, ubriaca marcia, ho urlato:

«Ma che te ne frega! Song Hyeoncheol lo conosci o no?»

L'ho afferrato per la collottola e l'ho scrollato, mentre gli urlavo di trovarmi Song Hyeoncheol...

Waaah!

Hai mai sentito una storia più terrificante di questa? Potrei raccontarla a qualche programma radiofonico. Se mi facessi confortare dalle canzoni di Lee Moonsae forse mi sentirei meglio, chissà.

Riesci a crederci? Ho cercato così affannosamente tuo padre che sono uscita di testa. Io non ci credo, non ci credo al punto che vorrei che fosse tutto un sogno.

Devo decidermi, perché o smetto di bere o muoio. Ah, mi scoppia la testa.

Se però vogliamo guardare il lato positivo di tutta questa orrenda situazione, il tempo sta volando e mi sto avvicinando sempre di più al tuo mondo. Finalmente anche noi abbiamo comprato un computer di ultima generazione. Papà ha detto che se voglio trovare lavoro devo saperlo usare e ha convinto mia madre. Ma quanto è intelligente questo piccolo aggeggio, non so come abbiano fatto a inventare una roba così.

Mamma dice che bisogna far fruttare i soldi che ha investito nell'università, e non fa che parlare del fatto che devo trovare un lavoro. Dice che per le donne è più difficile e che devo darmi una mossa e prepararmi, mi sta tormentando un sacco.

Ma comunque rispetto ad altri ragazzi sono messa meglio,

no? Perché tu ti occuperai del mio futuro, io non devo fare altro che impegnarmi a trovare tuo padre. Una volta trovato lui troverò subito anche tua madre, no? Ora che mi hai mandato la foto, dovrei riuscire a rintracciarlo in un attimo.

Mi sa che devo trasferirmi a vivere alla Daehan University. Comunque la persona in questa foto mi sembra familiare, magari l'ho vista mentre facevo avanti e indietro dalla Daehan. Massì, l'avrò vista di sicuro. Ormai vado più spesso lì che alla mia università.

Per oggi è tutto, spero che nella prossima lettera possa scriverti che sono riuscita a trovare tuo padre.

17/9/1993
Eunyu, piena di vergogna, dal passato

P.S. Quella là, la tua matrigna, non è che ti bullizza, vero? Non posso stare ferma a guardare mentre diventi come Cenerentola. Che posso fare? Vuoi che la vado a cercare e le tiro un cazzotto? Mi basta una tua parola e lo faccio. Fammi sapere.

25

A Eunyu, a cui sono molto grata

Congratulazioni per aver finalmente ricevuto un computer! Come fate a vivere senza internet? Credo che si possa tranquillamente dire che internet ha conquistato il mondo. Se gli alieni avessero intenzione di invaderci dovrebbero prima prendere controllo di internet, e una volta che sarà nelle loro mani staremo tutti in fila come schiavi.

Qui fa già un caldo infernale. Sembra che la Terra si stia sciogliendo, non si starà mica avvicinando la fine del mondo di cui mi hai parlato tempo fa? Ultimamente non ho proprio voglia di uscire. Mi fa senso essere tutta grondante di sudore. Però leggere la tua lettera è stata una ventata d'aria fresca, e immaginarmi te nel passato che vai a cercare quella e gli tiri un pugno è stato rinfrescante come bere del tè ghiacciato.

Ti sono grata e allo stesso tempo mi dispiace per vari motivi. Non posso fare niente per te, eppure tu, pur di trovare mio padre, sei finita in situazioni imbarazzanti… Nemmeno io mi sarei mai immaginata che mio padre potesse essere magro da giovane! Se solo avessi trovato più in fretta la foto forse sarebbe stato tutto meno complicato. Mi dispiace.

Grazie al tuo incoraggiamento, pur di conoscere meglio mio padre mi sto comportando come se fossi in un film di spionaggio. Per paura che gli chieda di nuovo di parlarmi di mia madre, se vengono fuori discorsi sul passato si cuce la bocca, quindi non è poi così assurdo che mi immagini cose strane, no? Allora sai qual è la tattica che ho scelto?

Ho deciso di sfruttare quella là. Ho scoperto che è piuttosto brava a tenere la bocca chiusa, credo che non abbia fatto parola con mio padre del fatto che io non la sopporto.

Perciò andiamo d'accordo. Ovviamente con "andiamo d'accordo" non intendo che ci capiamo o che io abbia una buona impressione di lei, assolutamente no, nella maniera più assoluta.

Davanti a mio padre facciamo finta di andare d'amore e d'accordo, di essere in confidenza, e quando non c'è siamo sincere e ci trattiamo con distanza, quindi almeno su questo punto ci troviamo, in un certo senso.

In realtà sono arrivata a stringere un patto con lei per via del viaggio di nozze.

A vedere mio padre con quella mentre sceglievano la destinazione mi è quasi venuta la febbre. Forse mio padre si è sentito toccato o ha colto qualche segnale, perché a un certo punto mi ha guardata e mi ha detto di andare insieme a loro.

Io e mio padre non abbiamo mai fatto un viaggio all'estero! Ma che dico all'estero, nemmeno in Corea... Non prendiamo nemmeno l'ascensore insieme, tra un po'! Quando, non so ancora per quale motivo, per Capodanno siamo andati al mare è stato strano e imbarazzante da morire.

Comunque la proposta di mio padre non ha sconvolto solo me: quella ha fatto una faccia come se avesse mangiato una cacca. Chi se ne frega, tanto perché dovrei andarci? Per fare cosa?

«Stai seriamente pensando di venire con noi in luna di miele?» mi ha chiesto quella, quando papà si è assentato un attimo per rispondere a una telefonata di lavoro.

Io non avevo la minima intenzione di andarci, sai? Nemmeno se papà mi avesse supplicato. Però, a sentirla parlare così, ho sentito una specie di istinto di ribellione.

«Perché, non posso?»

«È il nostro viaggio di nozze, no? Viaggio-di-nozze. Cioè il viaggio che fanno le coppie appena sposate. Perché ti dovresti accollare?»

Che cafona, ti giuro.

«Sono minorenne, volete stare via una settimana, no? Allora chi si prenderà cura di me?»

«Prendersi cura di te? Alla tua età?»

«Be', comunque non mi va di restare sola.»

Avresti dovuto vedere la sua faccia, era così arrabbiata che le tremavano le mani. Che gusto ho provato, come se avessi mangiato qualcosa di delizioso, ahah.

«Lascia perdere, finché te lo dico con le buone.»

«Ho detto che non mi va di stare sola.»

«Perché fai cose di cui poi ti pentirai?»

«Chi è che se ne pentirà davvero?»

«Fidati, rimpiangerai di essere stata così maleducata con me.»

«Cosa vorresti dire?»

«Te l'ho detto, prima o poi finirai col volermi bene.»

Ancora queste stupidaggini! Uno dei mille motivi per cui non la sopporto è proprio questo: è così sicura di sé anche quando dice cose senza senso.

E poi quella faccia! Come se dicesse "sei nelle mie mani, so tutto quello a cui stai pensando". Non hai idea di come mi senta a disagio ogni volta che fa così. Come quando ti porti l'ombrello ma finisci comunque con l'essere zuppa dalla testa ai piedi. Non ce l'ho fatta più.

«Quella volta, che cosa volevi dire?»

«Quando?»

«La volta in cui hai parlato di una lettera, o una cosa del genere.»

Ho pensato che dovessi andare a fondo della faccenda, ora o mai più. Non volevo più essere in balìa di quella lì.

Ma lei ha fatto il gesto di chiudersi le labbra con una cerniera, come se volesse dire che non avrebbe assolutamente fiatato.

Cosa potrà mai aver voluto dire? È ovvio che sia a conoscenza della nostra amicizia e delle lettere che ci scambiamo, no? *Wow*, se ci ripenso mi viene il nervoso.

«Quanto sai di questa faccenda? Anche papà lo sa?»

«Non saprei, non so di che cosa tu stia parlando.»

Fa sempre così, **come se parlasse per indovinelli e non ci fosse modo di arrivare alla soluzione.** Sembra proprio che voglia sempre tenermi sulle spine.

«Va bene, se le cose stanno così, non posso certo stare ferma a guardare.»

«Cosa stai tramando?»

«Dov'è che avete detto che volete andare in luna di miele? All'estero?»

«Che fai, mi minacci?» ha chiesto, inarcando il sopracciglio, come se non volesse altro che una mia dichiarazione di guerra. Ma a me non passa nemmeno per l'anticamera del cervello di farle la guerra, sai? Col nemico non ci si capisce, e fargli la guerra è da idioti. Il saggio sfrutta il nemico a suo vantaggio, quindi le ho chiesto un favore.

«Se mi fai il favore che sto per chiederti, riconsidererò il viaggio di nozze.»

Lei mi ha squadrato molto sospettosa, come se si stesse chiedendo dove fosse la fregatura.

«Ho bisogno di informazioni su mio padre, e anche su mia madre.»

«Eh?»

Ha fatto una faccia come per dire "che fesserie vai dicendo?", allora le ho detto che avevo bisogno di sapere di mio padre e di mia madre, del periodo prima che arrivasse lei.

«Mio padre non mi dice nulla su mia madre, sai? Nemmeno a pagarlo.»

«E secondo te direbbe a me cose che non dice nemmeno alla sua stessa figlia? E per di più sulla sua ex moglie?»

«Se non vuoi aiutarmi fa lo stesso.»

La negoziazione si è interrotta lì perché mio padre è rientrato. Pensavo che la cosa fosse finita, ma tieniti forte: mi ha davvero mandato le informazioni che le ho chiesto.

Qualche giorno dopo mi arriva un messaggio:

"Mantieni la promessa."

Il messaggio era molto breve, ma c'era un file in allegato, intitolato "dossier su Song Hyeoncheol". L'ho aperto e, devo dire, era di ottima qualità. Mi aveva fatto credere che non mi avrebbe mai fatto il favore, ma poi ha organizzato le info su papà in un PowerPoint. Non è assurdo? È una forte, davvero. Ha superato ogni mia immaginazione.

Lo sapevo già perché me l'aveva detto mia nonna, ma mio padre era davvero dispettoso, da bambino. Da quando ha cominciato le medie ha cambiato carattere, al punto che le persone che lo conoscevano fin da piccolo dicevano che era diventato una persona completamente diversa. Stando al documento che mi ha mandato quella là, il motivo per cui mio padre è cambiato così tanto è che, siccome era figlio unico, per paura di sembrare uno strafottente viziato, ha iniziato a essere più, come dire, cauto. Dopo le medie si era ormai abituato a comportarsi così ed è diventato una persona molto premurosa. Be', con me non lo è, ma comunque...

Una cosa che mi ha stupito è stata scoprire che mio padre ha la patente, io pensavo che non ce l'avesse perché non l'avevo mai visto guidare, no? Nel file c'era scritto che anni fa ha avuto un incidente e che da allora non si è mai più messo al volante.

Quando ho letto che soffre di vertigini e che non può andare sulle montagne russe mi sono arrabbiata un sacco. Da piccola con lui non mi ci potevo nemmeno avvicinare, alle montagne russe, ma quella come fa a sapere che non ci sale perché ha paura? Non è che sono andati al luna park durante un appuntamento? *Bah*, non voglio nemmeno pensarci.

La cosa scioccante è che mio padre sarebbe a dieta e che per questo ultimamente sta mangiando poco e niente a cena. *Wow!* Quella, con la scusa del matrimonio, deve avergli detto di perdere peso, ne sono certa. Altrimenti perché mai uno che è sempre stato (almeno che io ricordi) grosso come un orso si metterebbe a dieta? Ma chi si crede di essere quella, per dire a mio padre cosa fare col suo peso? E che cos'ha in testa mio padre per fare come dice lei?

Comunque, niente di tutto questo mi va a genio.

Ah, giusto, c'è una cosa che devi assolutamente sapere. All'università mio padre era in un club di informatica che si chiamava DOS & Windows, forse può aiutarti a rintracciarlo.

Ma la cosa che mi ha sconvolto di più è stato il fatto che mia madre a quanto pare seguisse mio padre ovunque all'università. Riesci a crederci? Oddio, ma cos'aveva di speciale uno come mio padre per spingerla a seguirlo ovunque?

Be', il mistero verrebbe svelato se venisse fuori che questo documento è stato fatto con le informazioni date da mio padre... Non essendoci mamma che può confermare o smentire, non possiamo sapere come stessero davvero le cose, no?

Il resto erano tutte informazioni inutili: a mio padre piace il *soju*; quando io ero piccola non ha mai frequentato una donna; e altre cose poco interessanti.

Però il file non è niente male, no? Per questo ho deciso di continuare a cooperare con lei. Io ottengo le informazioni sul passato dei miei, e lei si tiene mio padre.

Non male come condizioni, non ti sembra? Così le ho chiesto di indagare di più su mia madre e le ho detto che se mi avesse trovato una sua foto avrei fatto tutto quello che mi avrebbe chiesto.

Ovviamente pensavo che sarebbe stata d'accordo ma, con un'aria svogliata, mi ha detto che non le andava. Va be', non può andare sempre tutto liscio, quindi le ho detto una cosa che le avrebbe fatto piacere: il fatto che volessi andare a vivere per conto mio.

Credevo che sarebbe stata contenta se me ne fossi andata, dato che avrebbe potuto vivere da sola con mio padre, ma non so, sai cosa mi ha detto?

«Mi spiace, ma non penso tu possa farlo.»

«E perché? Se me ne vado tu e mio padre potere vivere felici soli soletti, no?»

«Non posso certo essere d'accordo e farti diventare una sbandata che scappa di casa.»

«A chi stai dando della sbandata?»

Le ho chiesto perché mi stesse comandando in quel modo odioso tipico degli adulti, e se per caso avesse in mente di prendere il posto di mia madre.

«Non ho la minima intenzione di prendere il posto di tua madre, ma da un punto di vista professionale non posso aiutarti a scappare di casa.»

«Perché, che lavoro fai?»

«Sono una poliziotta.»

Cacchio.

Mi sono mancate le parole e sono rimasta lì con la bocca aperta. Non era certo una bella situazione, dato che avevo appena detto a una poliziotta che volevo scappare di casa.

«Mi sa che te l'avevo già detto qualche tempo fa.»

«È che mi sei piuttosto indifferente.»

Volevo rimanere il più calma possibile, in ogni caso non le avevo mica detto che me ne sarei andata via subito, ma se avesse spifferato tutto a mio padre, per quanto ne so lui avrebbe potuto non solo confiscarmi tutte le paghette che ho messo da parte, ma addirittura smettere di darmele.

«Allora te lo spiego di nuovo. Anche se non sei particolarmente interessata, stavolta vorrei che ascoltassi con attenzione. Il mio lavoro consiste nell'offrire guida e supporto ai ragazzi difficili e a quelli che hanno dovuto affrontare determinate difficoltà dopo che sono scappati di casa.»

Ho sbuffato, non sapevo quanti problemi avevano avuto 'sti ragazzi.

«Che genere di difficoltà?»

«Crimini a sfondo sessuale, traffico di esseri umani o di organi. Generalmente le vittime di crimini sessuali sono le più numerose.»

Ah! Mi sta mettendo paura di proposito, è chiaro.

«Non è che tutti quelli che se ne vanno di casa vengono stuprati, no? E poi io non voglio scappare, voglio essere indipendente.»

«Di solito, se hai quindici anni e dici "voglio essere indipendente" suona proprio come "voglio scappare di casa".»

«A me non interessa cosa pensano gli altri, e preferirei che anche tu la smettessi di farti gli affari miei.»

L'ho detto nel modo più strafottente possibile, affinché ne avesse le scatole piene di me e mi aiutasse ad andarmene. Volevo fare in modo che vivere insieme a me le sembrasse uno scenario molto più terrificante di buttare all'aria la sua etica professionale.

«Te l'ho detto l'altra volta, no? Non dire cose di cui poi ti pentirai. Io ti conosco da molto più tempo di quanto pensi. Ti conosco da così tanto che ormai ti vedo come un'amica, sai? Non posso certo stare a guardare mentre un'amica prende una cattiva strada. E poi, presto diventerai mia figlia, no?»

«*Wow*, davvero, che schifo. Sono le parole più schifose che abbia mai sentito in quindici anni di vita.»

«Non capisco perché i ragazzi esprimano le loro emozioni in questo modo. Sarà perché avete un vocabolario troppo limitato? Dovresti leggere un libro ogni tanto o esercitarti a scrivere dei saggi brevi. Vuoi che ne parli con tuo padre?»

«Ti chiedo solo un'altra cosa.»

«Dimmi.»

«Come hai conosciuto mio padre?»

Ovviamente quella non mi interessa minimamente, e non gliel'ho certo chiesto perché ero davvero curiosa. L'ho fatto perché avevo bisogno di uscire da quella situazione, che stava volgendo sempre più a mio svantaggio.

«Quella è la mia vita privata, non mi va di parlartene.»

Cacchio. Vita privata. Ha davvero detto "vita privata"! Allora quando ha ficcanasato in camera mia e ha letto le tue lettere non ha violato la mia di privacy?

«Se non ti va di parlarmene, allora non farlo. Te l'ho chiesto per il tuo bene, sappilo.»

«Che vuoi dire?»

«Non so come sia morta mia madre, sai?»

«E quindi?»

«Nessuno mi dice niente, se sia morta in un incidente stradale o di malattia. Potrebbe dirmelo chiaramente, ma mio padre, se sente anche solo nominare mia madre, ammutolisce.»

«Cosa vorresti dire?»

«Che riguardo alla morte di mia madre potrebbe esserci un bel mistero.»

Ha sbuffato. Come posso dire, ha fatto quella tipica espressione odiosa che fanno gli adulti quando hanno a che fare con un ragazzino immaturo.

«Per quello che ne so potrei anche non essere davvero figlia dei miei, potrei essere stata rapita o essere stata data per scomparsa. Magari mio padre può addirittura aver ucciso mia madre ed essersi disfatto del corpo.»

Puff!

È scoppiata a ridere, come se avessi detto la cosa più divertente del mondo.

«Non ci credi, vero?»

«Tu ci crederesti?»

«In casa nostra non c'è nemmeno una foto di mia madre, nessuna traccia dei suoi oggetti personali, non c'è neanche uno spillo che possa rimandare a lei, e lo stesso vale per la casa dei miei nonni. Proprio come se qualcuno avesse fatto sparire tutto di proposito. Papà dice che una volta è scoppiato un incendio ed è bruciato tutto, ma ormai sono troppo grande per credere a quella storiella. Deve avere per forza qualcosa da nascondere, altrimenti non avrebbe fatto sparire ogni singola foto, no?»

Lei mi è sembrata pensierosa.

«Stai dicendo che tuo padre ha di proposito fatto sparire ogni singola traccia di tua madre?»

«Noi traslochiamo molto spesso. Minimo dopo un anno, massimo dopo quattro. E ora sono quattro anni che viviamo in questa casa, e sai perché?»

«Non saprei...»

«Be', non te ne ho mai parlato, effettivamente.»

«Non girarci attorno e vai dritta al punto.»

Si stava comportando proprio da poliziotta: parlava diretta, schietta, come se stesse interrogando un criminale.

«"Papà, la vicina mi ha chiesto dov'è la mamma. La signora del piano di sopra è curiosa di sapere come sia morta."»

Ha inarcato le sopracciglia, ha stretto le labbra e mi ha guardato con uno sguardo tagliente, come per dirmi di sbrigarmi a sputare il rospo.

«Basta che gli dica una volta che i vicini vogliono sapere cose su mia madre, e nel giro di tre mesi traslochiamo.»

«Sei sicura?»

Ovviamente no, perché siamo venuti a vivere in questa casa quando avevo sette anni e abbiamo vissuto qui da allora, poi non è che mio padre sia una spia nordcoreana, quindi non ha molto senso, no? Ma non volevo dargliela vinta, altrimenti sarebbe stata la fine.

«Se non mi credi non so che dirti.»

Aveva una strana espressione, come se qualcosa non gli tornasse. Poi, all'improvviso, mi ha detto:

«Lascia che ti chieda anche io una cosa. Perché improvvisamente sei così ansiosa di conoscere tua madre? Potresti anche rimanere delusa.»

«Perché?»

«Non so, però è una possibilità.»

Eunyu, potrei davvero rimanere delusa, secondo te? Non ci avevo mai pensato prima, e le parole di quella mi hanno colpito come uno schiaffo in piena faccia.

Se mia madre fosse stata una cattiva persona, e se perciò mio padre mi avesse tenuta all'oscuro di tutto? Se fosse davvero così? Sono strana se, nonostante tutto, sento la sua mancanza?

Quella mi ha detto che cercherà di scoprire di più su mia madre, a patto che io accetti che lei non mi darà mai il permesso di andarmene di casa.

Eunyu, sto facendo la cosa giusta, vero? Aspetto la tua risposta.

10/6/2016
Eunyu

26

Eunyu, stai andando forte

Ho ricevuto la tua lettera. Dopo averla ricevuta mi sono chiesta come fosse possibile che fosse passato già così tanto tempo e, ripensando alla tragedia dell'anno scorso, mi sono sentita ho un po' scossa.

Il ponte Seongsu, sul Fiume Han, che non era nemmeno poi così vecchio, una mattina è improvvisamente crollato, proprio come se qualcuno ci avesse piazzato sotto una bomba.

Pur conoscendo il futuro, non c'è stato nulla che potessi fare.

Sicuramente qualcuno aveva pensato almeno una volta che, andando al lavoro come al solito o a un appuntamento, il ponte sarebbe potuto crollare senza lasciargli scampo.

Ma, piano piano, la gente si sta dimenticando anche di quel terribile evento. Da un certo punto in poi anche io ho continuato la mia vita dimenticandomene completamente. La vita è proprio crudele.

Se penso che potrei sparire dai ricordi delle persone mi sento proprio giù. Pensaci un attimo: tu sei esistita, ma nessuno si ricorda più di te. Non ti sentiresti sola? Chissà se anche tua mamma si sente così.

So cos'è che ti fa stare in pensiero, ma è inutile che ti preoccupi in anticipo di cosa potrebbe capitare se, una volta scoperte più cose su di lei, tu rimanessi delusa. Non serve a niente rimuginare sulle parole di quella là. Anche se tua mamma non dovesse essere come te l'aspettavi, anche se dovesse essere molto diversa da come te l'eri immaginata, non smetterebbe di essere tua madre, no? La vita è troppo breve per farsi così tante paranoie.

E comunque non esiste la famiglia perfetta: si litiga, ci si rinfacciano cose.

Quando ero al liceo a volte mia mamma faceva venire a casa alcune sue amiche, sai? Però ogni volta mi diceva di uscire e di stare fuori per un po'. Quindi una volta mi sono arrabbiata e le ho urlato: «Ti vergogni di me? Se ti vergogni così tanto potevi far nascere solo mia sorella. Non ti ho chiesto io di venire al mondo».

Le ho fatto una di quelle scenate disperate da adolescente ribelle. Sai come ha reagito mia madre? Era così allibita che è rimasta lì a bocca aperta.

«E pensi che io non mi vergogni di te? Quando vai in giro per il quartiere senza esserti nemmeno lavata la faccia, o quando vengono i miei amici a casa e tu ti fai vedere così sciatta dopo esserti appena fatta un sonnellino. Pensi che non mi vergogni?» l'ho incalzata.

Ero come un vulcano in eruzione, come se avessi sputato fuori di colpo la lava che mi stava ribollendo dentro. Poi sono uscita. Pensi che mi fossi sfogata del tutto? Assolutamente no.

Credevo di essere a posto, ma la rabbia, la lava che avevo dentro stava ancora ribollendo.

Non sarei tornata a casa manco morta.

Sarà passata qualche ora, credo. Il sole è tramontato e ormai non avevo più il coraggio di continuare a stare al parco giochi. Mentre stavo pensando che forse avrei fatto meglio a rientrare, ecco che è apparsa quella perfettina di mia sorella.

«Che cos'è la famiglia, per te? Credi che ci si ami incondizionatamente e ci si capisca al volo solo perché c'è un legame di sangue? Non essere ridicola. Proprio perché si è imparentati è ancora più difficile. Anche quando non ci si capisce ci si deve sforzare, e quando qualcuno fa una stupidaggine come quella che hai fatto tu ora gli si va incontro. Non è che scappi di casa solo perché ti ha dato fastidio qualcosa... Dovresti almeno far finta di sforzarti di capire perché mamma si sia comportata così. Almeno tu, mettici un po' di impegno, dai.»

Ovviamente oltre a quello che ti ho scritto qui mi ha detto un sacco di parolacce pesanti e mi ha minacciato di morte varie volte. Non mi aveva mai fatto così tanta paura.

Comunque, quello che voglio dire è che solo perché è la tua famiglia non significa che le cose vadano sempre lisce.

Forse, i nostri famigliari sono le persone che dobbiamo sforzarci di capire di più e più di frequente.

A ogni modo, dato che quella ti ha detto che cercherà di scoprire di più su tua madre, aspettiamo e vediamo che succede. Ora si avvicina davvero il giorno in cui avrò portato a termine la mia missione. E sai perché?

Rullo di tamburi...

Prova a indovinare!

Ho finalmente incontrato tuo padre!

Senti un po' che dramma è successo il giorno in cui ci siamo incontrati. Sono stata una specie di predatrice, come quelle belve che inseguono le prede in Africa.

Ora ti racconto cosa è successo.

Lo sai, mia sorella è sempre stata la prima della classe, no? I miei sono sempre stati orgogliosi di lei eccetera.

Be', ha avuto un crollo nervoso. Ovviamente è sempre arrogante e fastidiosamente intelligente, ma è stato un duro colpo per lei, che era ritenuta da tutti un genio. Sai come è successo?

Mi sa che ho bisogno di spiegarti un po' più nel dettaglio. È già passato qualche anno, ma mia sorella ha cannato in pieno il test di ammissione all'università e quindi a casa è successo un casino. Mia sorella, che era ormai sicura di entrare a giurisprudenza o a medicina, le ha mancate entrambe. Ma Jeongsu è entrato liscio liscio a legge.

Mia madre si è strappata i capelli ed è rimasta a letto, disperata. Dopo essersi crogiolata nel dolore per qualche giorno, si è alzata e, come se niente fosse, si è messa a preparare il pranzo.

«Mamma, stai meglio ora?» le ho chiesto.

«Che io stia meglio o no non cambia nulla. Poi se continuo a stare a letto chi manda avanti la baracca? Guarda questa casa, qualche giorno senza pulire ed è già un porcile. Pulisci un po' la tua stanza.»

A sentire i suoi soliti rimproveri ero convinta si fosse completamente ripresa. Chissà come ha fatto... Si è alzata come se niente fosse quando sembrava che sarebbe quasi morta dal dispiacere.

Be', eccoti la risposta:

«Non c'è bisogno che ti spacchi la testa sui libri. Non importa quanto tu sia intelligente, per una donna è tutto inutile. È meglio se ti sposi un buon partito. Jeongsu è entrato a giurisprudenza, no? Allora è tutto risolto, non è poi così male essere la moglie di un procuratore.»

Mia madre aveva in mente un progetto ben più grande!

So che ti verranno i brividi e penserai che sono discorsi da Medioevo, ma se devo essere sincera non mi sono stupita più di tanto.

Comunque il grandioso piano di mia madre ha una falla piuttosto grossa.

Ho visto qualcosa che non avrei dovuto vedere.

Quel giorno stavo aspettando i miei amici. Ormai è finita l'epoca d'oro dei campionati universitari di basket, vero?

Ah, ma a te piace il basket? Io sono sempre stata totalmente disinteressata agli sport, ma il basket è diverso.

All'inizio ho borbottato un sacco, non capivo perché dovessimo andare a vedere gente che corre dietro a una palla.

Ma dopo venti minuti ero completamente presa dal gioco.

Da uno sport!

E questo perché è uno sport pulito e onesto. In più, i giocatori sono così belli e alti, e quando prendono la palla sembrano così tosti!

È proprio lo sport perfetto per me.

L'anno scorso sono andata a vedere la finale ed è stata una vera figata. Non c'erano giocatori belli come Jang Donggeon o Son Jichang, ma vedere la partita dal vivo allo stadio è molto meglio di una serie tv. Se ci ripenso mi viene la pelle d'oca dall'emozione! Te lo dico così, per parlare, ma sai quali sono le squadre che sono arrivate in finale nella Lega di basket universitaria? La Korea University e la Yonsei University, dopo aver battuto le supercompetitive squadre semiprofessionistiche. A tre secondi dalla fine Seo Janghoon ha segnato il canestro che ha ribaltato il risultato, avresti dovuto vederlo! Mi viene davvero la pelle d'oca.

Avevo deciso di vedermi con la mia amica per raccontarle 'sta storia, ma questa qui non arrivava ed era già passato un sacco dall'orario stabilito. Stavo uscendo da una cabina telefonica (le ho mandato un *bip* sul cercapersone) e nel vicolo stavano passando un sacco di persone. In mezzo alla folla ho notato un viso familiare.

Indovina un po'? Era Jeongsu, il fidanzato di mia sorella.

Il problema è che era a braccetto con un'altra ragazza.

Lui non sembrava affatto infastidito o imbarazzato, anzi, sorrideva contento. Praticamente stava tradendo mia sorella, no? È palesemente un traditore! Non potevo certo stare a guardare.

Non l'ho fatto per mia sorella, o perché temevo che mia madre stesse di nuovo a letto disperata. Onestamente, quando mamma era in quelle condizioni ero quasi contenta. Pensavo che se lo meritasse, dato che non aveva fatto altro che lodare mia sorella. Sì, insomma, sono stata un po' cattiva.

In ogni caso, nelle vene mi scorre un sangue che non sopporta le ingiustizie, e che mi porta a mettermi in mezzo.

«Dove vai di bello?»

La mia faccia doveva sembrare come quella di una poliziotta che ha appena beccato un criminale.

«Oh... Eunyu, che ci fai qui?»

«Be', il mondo deve essere così piccolo che ci siamo incrociati.»

La ragazza che gli stava appiccicata al braccio come una cozza mi fissava.

«Jeongsu, chi è?» gli ha chiesto, dato che qualcosa doveva sembrare strano anche a lei.

E sai cosa ha risposto?

«Ah, è la sorella di una mia amica.»

Wow, ha detto davvero "una mia amica". Io sarei la sorella di una sua amica? Sono la sorella della sua *fidanzata*!

A quel punto la mia pazienza è finita.

«Ultimamente non esci molto con mia sorella.»

«Oh, eh? Ah, ecco... è che sono un po' impegnato.»

Certo, effettivamente è impegnato... impegnato a uscire con altre. Ovvio.

«Sei impegnato con questa ragazza, sembrerebbe.»

«Ah, sì… è che siamo nello stesso club.»

«Ah, lo stesso club. E che club è?»

«Ehm… di informatica… Ecco, noi saremmo un po' di fretta, magari parliamo un'altra volta.»

Effettivamente suonava come un computer che si stava surriscaldando. Stava scappando, eh?

Stavo guardando Jeongsu, anzi no, quello stronzo, mentre mi passava accanto quando all'improvviso ho realizzato.

La Daehan University!

Mi sono ricordata che studia legge alla Daehan e del fatto che mi avevi scritto del club di informatica nella scorsa lettera!

Prima che potessi pensare a qualcosa, dalla bocca mi è uscito un urlo.

«DOS & Windows.»

Ho urlato come se fosse scoppiato un incendio. Ho urlato così forte che tutti si sono fermati e mi hanno fissato. Devo essere sembrata una pazza.

«Song Hyeoncheol, qualcuno conosce Song Hyeoncheol?»

Quando ho finito di parlare si sono tutti girati, terrorizzati, verso una persona: quel ragazzo ha timidamente alzato la mano.

«Sono… sono io.»

Sai cos'è successo dopo? Abbiamo urlato tutti e due.

Era proprio quel Song Hyeoncheol che studiava belle arti, quello che sembrava un damerino e a cui avevo chiesto se avesse intenzione di avere figli e che era quasi svenuto dallo shock.

Ti ricordi?

Per qualche motivo non assomiglia alla foto che mi avevi mandato. Quel Song Hyeoncheol è tuo padre. Non pensavo che uno studente di belle arti potesse finire in un'azienda di automobili. Mi è venuta la pelle d'oca, tutti i pezzi del puzzle sono andati al loro posto. Ho pensato: "Ah, quindi solo perché è un'azienda di auto non significa che ci vadano a lavorare solo gli studenti di ingegneria".

Il mondo è proprio piccolo, vero? Chi l'avrebbe mai detto che tuo padre e Jeongsu potessero essere nello stesso club?

D'ora in poi non hai nulla di cui preoccuparti, ho detto a

Jeongsu che voglio iscrivermi al DOS & Windows. Ovviamente non sarà facile entrare nel club da studentessa di un'altra università, ma posso sfruttare il punto debole di Jeongsu, no?

Magari la prossima settimana starò già facendo attività con il club, non vedo l'ora!

20/2/1995
Dal passato, Eunyu,
che si auto-congratula per aver portato
a termine la prima parte della missione

27
Alla mia amica nel passato

Davvero? Veramente? Sul serio? Sento i brividi lungo tutto il corpo, sai? Eunyu, sei una grande! Sei proprio una grande!

Non ero sicura che saresti davvero riuscita a trovare mio padre.

Quindi ora potresti persino riuscire a trovare anche mia madre, no? Tutto questo sta succedendo davvero?

Sto impazzendo dalla gioia! Chissà com'è mia madre, se mi somiglia, chissà come ha conosciuto mio padre, e chissà perché ogni cosa su di lei mi viene tenuta nascosta. Tutti i dubbi che ho sempre portato con me stanno per risolversi, non riesco a crederci, non so che fare.

Una brutta notizia: mi è arrivato un messaggio da quella, dice che non è riuscita a trovare una foto di mia madre. Credo che avesse bisogno di più tempo, quindi le ho chiesto se dovessi semplicemente star lì ad aspettare e le ho detto di muoversi. Figurati, secondo me stava temporeggiando apposta.

Le ho detto di fare il più velocemente possibile, dato che il matrimonio si avvicinava e la cooperazione tra noi stava diventando difficile. Insomma l'ho provocata un po' troppo e ovviamente non mi ha risposto. Non potevo certo fargliela passare liscia, dovevo farle vedere quanto caro fosse il prezzo da pagare per avermi ignorato.

Ti avevo detto che mio papà si sta sforzando di andare d'accordo con me?

Comunque, lei si era scervellata per un po' su quale letto prendere, ma non si decideva, così gliel'ho scelto io. Tra quelli trovati su internet ho scelto apposta quello con i volant più appariscenti e con le lenzuola più imbarazzanti e infantili che ci fosse, ahah.

Poi le ho mandato un messaggio, un avvertimento, dicendole che era solo l'inizio. Ovviamente con la foto del letto in allegato.

La sua risposta è arrivata in un nanosecondo: mi ha detto di smetterla di punzecchiarla e mi ha persino minacciato dicendomi che se non l'avessi fatto avrebbe rivelato il nostro patto a mio padre. Ha anche detto che non si sarebbe mai dimenticata del fatto del letto e che si sarebbe vendicata.

Ed effettivamente si sta vendicando, mi sta tenendo d'occhio. Mi fa venire i brividi, anche ora, in questo preciso istante, è qui, come se fosse casa sua, e sta mangiando una fetta d'anguria. E ieri è successa una cosa ancora più terrificante.

Mi ha detto che comunque non dovevo nemmeno pensare a scappare di casa o a diventare autonoma. Non mi sono stupita più di tanto perché erano cose che mi aspettavo, ma mi hanno fatto semplicemente arrabbiare di brutto. Il problema è quello che ha detto dopo.

«Questa taglia non è un po' troppo piccola, per te?»

Me l'ha chiesto mentre teneva in mano un mio reggiseno. Non sai che urlo ho piantato. Mentre gridavo le sono corsa incontro come un toro e gliel'ho strappato di mano.

«Ma che fai?» ho urlato.

«Che bisogno c'è di gridare così?»

Avresti dovuto vedere la sua faccia, completamente senza vergogna.

«Ti ho chiesto che cosa diavolo stai facendo.»

«Ti ho semplicemente chiesto se questa taglia di intimo non è troppo piccola per te.»

«Appunto, perché stai guardando il mio intimo?»

«E che c'è di male? Tua nonna prima di andarsene ha steso i panni, e quando ho visto la tua biancheria ho capito subito che non ti andava bene. Questo quando l'hai comprato? Lo usavi alle elementari? Ormai sei troppo grande per usare i reggiseni sportivi, no?»

«Che ti importa di quali reggiseni uso?»

«Il corpo delle donne è molto sensibile, non lo sai? Come per le scarpe, anche per i reggiseni devi usare quelli della taglia gius…»

«E chi se ne frega? Se tocchi un'altra volta la mia roba te la faccio pagare!»

Dopo averla avvertita, me ne sono andata chiudendo la porta. Ovviamente l'ho sbattuta il più forte possibile.

Ero ferita nell'orgoglio. Basta cercare su internet e si trovano subito le taglie dei reggiseni, non c'era mica bisogno che me lo dicesse lei. Pensava davvero che non lo sapessi? Che stronza. La odio più di ogni altra cosa al mondo! La odio da morire!

È guerra.

Non posso più vivere così sotto sorveglianza, è ora di farla finita con questa storia.

Rileggendo la lettera mi sono resa conto che mi sono limitata a sfogare la mia rabbia e non ti ho scritto nulla su mia madre, scusami. La prossima volta ti darò un sacco di informazioni nuove, costi quel che costi.

Ah, giusto.

L'ho realizzato qualche giorno fa, riguarda il 2002. Il 2002 è sì l'anno in cui vincerai alla lotteria e la tua vita cambierà, ma è anche l'anno in cui sono nata io. Quindi a partire dal 2002 io e te vivremo nello stesso mondo. Ovviamente io sarò una neonata, ma comunque quello che è sicuro è che staremo respirando sotto lo stesso cielo.

Quindi, dico così per dire, che ne dici di venirmi a cercare? Così conoscerai la me del passato e la me del presente.

Io ti cercherò qui dove sono ora, perché continueremo a vederci, nel passato, nel presente e nel futuro.

Le nostre strade si incontreranno, e poi cammineremo insieme.

Solo al pensiero mi viene la pelle d'oca dall'eccitazione!

Aspetto la tua lettera.

20/6/2016

La tua povera amica che vive sotto sorveglianza

28
Alla mia povera amica

Leggendo la tua lettera ho riso per tutto il tempo. Sembra proprio che entrambe vi stiate dando del filo da torcere, eh? Probabilmente quello che sto per dirti ti farà arrabbiare, ma per qualche motivo mi sembrate proprio una bella coppia. E comunque a furia di litigare alla fine ci si affeziona, no? Sfrutta questa cosa e portala dalla tua parte, dopotutto sposerà tuo padre e diventerà parte della tua famiglia, no? Pensaci, senza arrabbiarti troppo.

Ultimamente ho guardato spesso, sentendomi molto triste, le foglie cadere, come se sperassi che potessero non cadere mai. La laurea è dietro l'angolo e non sono ancora riuscita a trovare un lavoro (e mi sa che saper usare il computer non sarà di grande aiuto). Una volta passato l'inverno finirà anche la mia vita da studentessa universitaria, *sigh*.

In giornate come questa dovrei proprio andare a mangiare l'*odeng** e bere del *soju*.

Ah...

Eunyu, cresci in fretta! Più in là dobbiamo andare insieme a bere e a parlare delle lettere. Ti insegno io a bere come si deve.

Rispetto a quello che ti dicevo l'altra volta, alla fine sono riuscita a entrare a far parte del club DOS & Windows con uno status speciale, quindi vado alle loro feste e sono spesso in laborato-

* Polpette di pesce cotte in un brodo dolce e piccante. (*NdT*)

rio, ma la cosa importante è che sto osservando attentamente tuo padre. Più lo guardo e più mi sembra essere molto lontano dalla persona che mi hai descritto tu. Mi hai detto che non solo è brusco, ma che addirittura si sente a disagio quando sta con te. Però lo Hyeoncheol che ho conosciuto io non mi sembra proprio quel tipo di persona.

Non ho ancora visto nessuna ragazza che assomigli a tua madre. Molte ragazze hanno mostrato interesse verso tuo padre, ma non a lungo, perché ho chiesto una cosa a tutte loro, sai? E sono tutte sbiancate e scappate via.

«Hai intenzione di avere una figlia con Hyeoncheol?»

Quale domanda è più azzeccata di questa per capire chi sia tua madre?

Generalmente, la loro reazione è stata piò o meno questa: «Ma di che parli? Perché dovrei fare un figlio con Hyeoncheol?», e cose del genere.

Ovviamente Hyeoncheol, cioè tuo padre, non lo sa.

Proprio quando stavo pensando di arrendermi, sono venuta a conoscenza di un fatto piuttosto sconvolgente, ovvero che tuo padre sarebbe andato a breve a un appuntamento al buio.

Non appena ho sentito 'sta cosa, ho subito pensato: "Deve essere qui che ha conosciuto sua madre. Finalmente ci siamo". Quindi, per raccontarti come fosse andata, ho aspettato la data dell'appuntamento prima di scriverti.

Be', il giorno dell'appuntamento ero lì anch'io. Sarebbe più corretto dire che li ho letteralmente pedinati... Insomma, li ho osservati dall'inizio alla fine.

Be', è stato un classico appuntamento come tutti gli altri: hanno mangiato qualcosa, bevuto una tazza di tè, sono andati in sala giochi... Hyeoncheol ha sorriso a trentadue denti per tutto il tempo, quindi significa che la probabilità che quella ragazza sia tua madre è alta.

Però, boh, non credo di poter sparare i fuochi d'artificio. Lei non è un granché.

Non che sia brutta o abbia un caratteraccio, ma non mi è piaciuta così, a sensazione.

Lo sai, no? Quando due persone si incontrano la chimica è

molto importante. Anche se quella persona piace a tutti gli altri, magari non è quella giusta per me, no? Secondo me è proprio il caso di tuo padre e quella ragazza, non appena li ho visti ho capito subito che non era giusta per lui.

E per di più quando le ho chiesto se avesse intenzione di avere figli con lui, lei ha strabuzzato gli occhi e ha risposto così: «Be', nel caso mi piacerebbe avere un maschio che assomigli a lui».

Sentito? Vuole avere un maschio.

Ora li sto tenendo d'occhio, ma sono contraria al fatto che questa qui diventi tua madre. Loro due sono come l'acqua e l'olio, non si mischiano. Sì, ti avevo detto che non ci sarebbe stato bisogno di rimanerci troppo male una volta scoperto chi fosse tua madre, ma mi sa che la situazione è diversa, ora. Se due persone non sono fatte l'una per l'altra non c'è niente da fare.

Quindi ho deciso di rovinare tutto e di farli separare: sono una specialista in questo campo, sai?

Lascia che mi occupi io di tutto, non posso lasciare che quella diventi tua madre. Non c'è bisogno che mi ringrazi, sto solo facendo il mio dovere.

13/11/1995
Fidati di me

P.S. In caso fossi curiosa di saperlo, dopo quel piccolo incidente Jeongsu e mia sorella si sono lasciati definitivamente. Mia madre è stata di nuovo a letto disperata e mio padre si è messo a bere, anche se sorrideva felice.

29
Mi fido ciecamente di te, Eunyu

Eunyu, come stai?

La tua lettera mi ha fatto molto riflettere per vari motivi.

Mmmh, quella ragazza sarà davvero mia madre? Che persona deve essere per farti addirittura pensare che non sia giusta per mio padre? Se non è un granché come dici spero davvero che non sia lei. Però, se così fosse, come faccio? Chissà se si offenderebbe se sapesse che penso queste cose di lei. Non so, ho molti pensieri per la testa.

Sai, Eunyu, quando papà mi ha presentato *quella* per la prima volta, non mi è stata poi così antipatica. Lui me l'ha presentata come una sua amica, e magari penserai che non ci fossi arrivata o che mi fossi bevuta la storia che fossero solo amici, ma se avessi visto come stavano le cose all'epoca anche tu non avresti sospettato niente.

Non ho avuto la minima impressione che loro due si piacessero.

Veniva a casa nostra, si toglieva persino i calzini, si stravaccava sul divano a guardare la tv, non so, mi sembrava molto "scialla" e alla mano.

Solo molto più in là ho realizzato che c'era qualcosa di sospetto nel loro rapporto. Una sera, tornata da scuola, ho sentito delle risate provenire dalla cucina: lei era lì che cucinava.

Be', non penso di poterlo definire "cucinare", stava preparando uno di quei piatti pronti che vendono al convenience store: *ramyeon* istantaneo piccante, *onigiri*, del formaggio, cose così. Mentre lei era indaffarata ai fornelli mio padre rideva a crepapelle. Per la prima volta ho sentito che qualcosa mi puzzava.

E infatti, non molto tempo dopo mio padre mi ha detto che stava pensando di sposarla. Da quel momento l'ho odiata da morire.

Non è che provassi una sorta di gelosia infantile all'idea che mio padre si sposasse. È solo che… non corrispondeva all'immagine che avevo della madre di cui ho sempre sentito la mancanza.

So che non ci sono criteri fissi che stabiliscano come debba essere una madre. Ci sono persone di tutti i tipi in questo mondo, e di conseguenza vari tipi di madri.

Ma sai, Eunyu, io non ne ho mai avuta una. Sai quante volte me la sono immaginata in questi anni, mentre ero a casa da sola al buio?

Eunyu, vorrei tanto avere una madre che si preoccupi solo di me, non due nonni a cui faccio pena perché non ce l'ho. Vorrei una persona che pensa a me e si preoccupa per me, non come mio padre, che si disinteressa completamente, mi evita e fa di tutto per tenermi nascoste le cose. Vorrei una persona che mi chieda "com'è andata a scuola?", "che vuoi mangiare per cena?" o che mi sgridi persino, dicendomi cose del tipo "metti a posto la tua camera" o "come mai i tuoi voti sono peggiorati così tanto?", una persona che mi chiami col nome per intero quando la faccio arrabbiare, una persona che non mi lasci sola. Ecco, vorrei che mia madre fosse così.

Però quella là… mi sminuisce, mi guarda dall'alto in basso e mi ignora. Non è assolutamente il tipo di madre che ho voluto fin da quando ero piccola.

Tu hai detto che i famigliari sono le persone che dobbiamo sforzarci di capire di più, però io e lei non siamo imparentate, no? Quindi posso odiarla, giusto?

A dirti la verità la tua lettera mi ha mandato in confusione. Se la persona che hai trovato non dovesse essere la madre di cui ho sempre sentito la mancanza e che sono sempre stata ansiosa di conoscere, che posso fare?

Un pensiero mi ha colpito all'improvviso: chissà se io sono la figlia che mia madre desiderava…

Mi sento così demoralizzata, come se fossi stata bocciata a un esame importante.

Ho pensato di prendere da parte mio padre e di provare di nuovo a chiedergli di mia madre, ma quando l'ho incontrato non sono riuscita a dire una parola. Stava ridendo.

Ultimamente ride spesso. Mi sembra quasi che se gli chiedessi di mamma non riuscirebbe più a sorridere per il resto della sua vita. Mi fa arrabbiare quando lo sento ridere come uno stupido, ma allo stesso tempo non voglio privarlo di quella gioia.

Sento un peso così opprimente sul petto che vorrei soltanto esplodere e scomparire.

Notizia sconvolgente: quella là ha ottenuto delle informazioni sul primo amore di papà.

Secondo me non è una poliziotta... Mi sa che lavora per i servizi segreti o qualcosa di simile. Oppure conosce molto bene i punti deboli di mio padre.

Come fa a scoprire le cose così facilmente? Non ce l'ho fatta più a trattenere la curiosità e le ho chiesto: «Non avrai mica minacciato o torturato mio padre, vero?».

Pensavo che, chiedendole una cosa del genere, ci sarebbe rimasta di sasso e mi avrebbe rivelato il trucco. Ma quella è decisamente di un livello superiore rispetto a me.

«Perché pensi che sia così improbabile?»

«Che vuoi dire? L'hai davvero torturato?»

«Si chiama "segreto professionale", non posso dirti nulla.»

Ti giuro, aveva un'espressione glaciale, quasi crudele.

«Gli hai fatto del male?»

«Ho fatto semplicemente quello che mi hai chiesto.»

Una psicopatica, ti dico.

«Non ti preoccupare, non l'ho torturato. Ora se fai una cosa del genere ti arrestano. Sei praticamente una bambina, non puoi nemmeno ricordarti di quando quei metodi erano ancora legali.»

Ha detto così, ma non le ho creduto nemmeno un po'. Quindi, guardandola dritta negli occhi, le ho chiesto un'altra volta: «Sei sicura?».

«Va bene, ok, forse qualche minaccia velata gliel'ho fatta, ma niente a livello corporale, giuro.»

«L'hai minacciato sul serio?»

«Vuoi sentire quello che ho da dirti o no? Continui a mancare il punto e a soffermarti su sottigliezze, che noia.»

"Chi se ne frega se ti annoi" ho pensato, ma ho comunque dovuto fare un passo indietro.

«Va bene, vai avanti.»

Mi ha detto che il primo amore di mio padre era una persona un po' particolare, potremmo dire più unica che rara. A differenza degli altri, quella ragazza parlava solo dei suoi progetti futuri. Le piaceva moltissimo l'alcol e, quando andava al bar, ci andava giù pesante.

Un dettaglio importante è che sembra che lei ricambiasse mio padre, al punto che la voce si era sparsa per tutto il club di cui facevano parte. Lui non credeva di essere ricambiato, così ha fatto una specie di esperimento: un appuntamento al buio.

Per essere sicuro dei sentimenti del suo primo amore è andato a un appuntamento al buio con un'altra, e dopo tutto gli è apparso cristallino. La ragazza, la sua prima cotta, li aveva seguiti.

A questo punto dovresti esserci arrivata, no?

Già, una storia terribilmente familiare.

Quando l'ho sentita mi è venuto un colpo, mi si è accapponata la pelle.

Il primo amore di mio padre sei tu, Eunyu! *Wow.*

Eunyu, ascolta. Ti sono grata per aver spiato mio padre, ma cerca di controllarti, te lo dico perché non puoi davvero essere la sua prima cotta. Se si innamora di te, come farà a conoscere mia madre? Non sarà mica che lo ricambi, vero?

10/7/2016

Eunyu, che è molto preoccupata per te

30

A Eunyu (grazie che ti preoccupi per me!)

Ciao Eunyu! Ho ricevuto la tua lettera. *Mmh*… dopo averla letta ho pensato solo una cosa:

PUAHAHAHA!

Che stupidina che sei!

Ti sei fatta fregare da quella là. Come hai detto tu, è davvero di un livello superiore. Vedendo come gioca con te, mi sa che è proprio vero che ti tiene in pugno. O magari le informazioni che ti ha procurato sono false.

Ha detto che piaccio a tuo padre? Che sono il suo primo amore? Dai, farebbe ridere persino i polli. Tuo padre, se va bene, mi vede come amica, ma generalmente mi chiama "la pazza" o "ragazza inquietante", e come prova ti riporterò una conversazione che abbiamo avuto di recente. Per tua informazione, tuo padre, dopo essere stato scaricato da una ragazza, ha deciso di tornare nell'esercito.

Ah, comunque quella ragazza dell'appuntamento al buio non era tua madre, si sono lasciati esattamente dopo un mese. Che sollievo eh? Già.

«Vuoi davvero tornare nell'esercito?»

«No guarda, per finta.»

Ha bevuto uno shot di *soju*, sembrava piuttosto giù di morale. Oltre alla ragazza dell'appuntamento al buio, per quanto ne so, è stato rifiutato altre due volte.

«Va be', ma dove si è mai visto qualcuno che ci torna dopo essere stato congedato?»

«Ci torno e ci metto la firma: è meglio restare là.»

«Non ci andare, il destino ha in serbo altre cose per te. Avrai una bellissima figlia e vivrai felice.»

«Ma perché continui a parlare di 'sta fantomatica figlia che non so nemmeno se avrò?»

«Fidati di me, non arruolarti di nuovo.»

Un soldato, vuole diventare! Le ragazze scapperanno via. Se ci mette davvero la firma potrebbe non conoscere mai tua madre, no? Sarebbero come dei moderni Romeo e Giulietta.

O Romeo, Romeo, perché sei tu un soldato, Romeo?

O Giulietta, perché il nostro paese è ancora diviso, e questo divide anche noi.

«Bevi, bevi. Tu e quella ragazza non eravate destinati a stare insieme» gli ho detto.

«Davvero la pensi così?»

Il rumore della carne che sfrigolava sulla griglia e quello di tuo padre che trangugiava il *soju* accompagnavano la nostra conversazione.

«Certo. È un'altra, la ragazza destinata a te. Non è lei che diventerà la madre di tua figlia.»

«No. Non è colpa del destino se sono stato rifiutato.»

«Allora di chi è?»

Ugh, a quel punto abbiamo fatto *cin cin* e abbiamo buttato giù un altro shot.

«Tua.»

«E perché mai?»

«Davvero me lo chiedi?»

Si è battuto il petto come se si sentisse opprimere e aveva un'espressione sofferente, dopo di che ha bevuto un altro shot di *soju*, poi ha spinto i bicchieri vuoti da una parte e ha detto: «Ce l'hai con me? Ti ho fatto qualcosa di male? Perché ogni volta che conosco una ragazza ti metti in mezzo? Sii sincera, dai!».

Poi, dopo essersi scolato due bottiglie di *soju*, mi ha implorato di smetterla, come se fosse stato arrestato ingiustamente e fosse stato seviziato a lungo.

«Ora *bashta*, hai fatto *abbashtanza*, no? eh? Ora smettila, *duai*. Cameriera! Delle *forbisci* per favore! Sì, delle *forbisci*, Voglio tagliare i ponti con lei. Camerieraaa!»

Era ubriaco e biascicando ha chiesto delle forbici, ti dico! Solo per tagliare i ponti con me!

Dopo tutto questo pensi ancora che il suo primo amore sia io?

Ho semplicemente fatto del mio meglio per trovare tua madre, ma devo essergli sembrata una psicopatica. È stato davvero imbarazzante, per questo ho deciso che per il momento mi limiterò a osservare tuo padre da lontano, come se ci fossi e non ci fossi allo stesso tempo.

Mi sa che, dato che continuo a intromettermi, sto come impedendo a tuo padre di conoscere tua madre.

Non so cosa avesse in testa quando ha detto a quella là che io sono stata il suo primo amore, ma secondo me le ha dato una falsa pista, magari per paura che indagasse sul suo vero primo amore, dato che lei è un'esperta nel campo. Non è che glielo ha detto perché ha pensato che non sarebbe mai stata gelosa di una come me?

In ogni caso, ho deciso di stare alla larga da tuo padre e di limitarmi a tenerlo d'occhio. Mi concentrerò sui fatti miei, ché ne ho già tanti di casini a cui pensare.

Io vivo a casa dei miei e non faccio niente. A tuo padre, per via del servizio militare, manca ancora un bel po' alla laurea, mentre io mi sono già laureata ma non sono riuscita a trovare lavoro. Andare all'università da studente e andarci dopo la laurea sono due cose diverse come il giorno e la notte, per questo non vado nemmeno più al club di informatica. È come se qualcuno mi avesse appiccicato un adesivo in fronte con su scritto LAUREATA DISOCCUPATA.

Inutile dire che a casa mi tormentano in continuazione dicendo che, se non trovo in fretta un lavoro, allora che almeno mi sposi. Ovviamente anch'io voglio andarmene da questa casa, il problema è che non ho né un fidanzato, né abbastanza soldi.

Se l'avessi saputo prima, invece di pedinare in continuazione tuo padre mi sarei cercata un ragazzo. Il mio futuro lo vedo buio. Anche se dovessi vincere alla lotteria nel 2002, fino ad allora dovrò pur tirare avanti in qualche modo. Ma, nonostante tutto, mancano solo pochi anni al giorno in cui finalmente ci incontreremo.

Ah no, nel 2002 sarai una neonata, quindi dovrò aspettare fino a quando non sarai un po' più grande, no?

Non vedo l'ora di incontrarti, mia cara amica del futuro.

4/8/1996
Eunyu, che non vede l'ora di vederti

31

Alla mia amica del futuro (di nuovo)

Sei sorpresa, eh?

Ho una notizia urgente da darti, quindi ti sto scrivendo di nuovo. Ho pensato di aspettare la tua risposta prima, ma dato che è una cosa che voglio troppo dirti non ce la faccio ad aspettare così tanto.

Questa stagione mette davvero di buon umore, non trovi? C'è il sole, il venticello, le nuvole sono un po' violacee. Questa lettera, poi, è particolarmente rosa. Non so se hai capito l'antifona ma qui, nel mondo in cui vivo io, è tutto rosa (anche tuo padre, ovviamente).

In questa lettera scriverò solo buone notizie, sia per te sia per me. Faresti meglio a tenere alte le aspettative.

Innanzitutto, tuo padre si sta frequentando con la ragazza che presumo sia tua madre. Dato che non mi sono intromessa, come aveva detto lui, le cose stanno andando bene, però, ecco, niente è ancora sicuro al cento per cento.

Le relazioni di tuo padre vanno sempre in crisi al terzo mese, e di solito viene lasciato proprio in quel periodo. Lui ha detto che è sempre stata colpa mia, ma non può essere solo per quello, no? Secondo me ignora le sue, di colpe, e se la prende inutilmente con me.

Comunque la ragazza con cui si sta frequentando è davvero carina. Sembra una ballerina o un'attrice, e ha un corpo così esile, sinuoso, come un cigno.

Be', Hyeoncheol ha sempre il sorriso stampato sulla faccia,

quindi ti ho detto tutto. So che sarai molto curiosa, ma non so nemmeno io che tipo di persona sia quella ragazza. Tuo padre non mi dice nulla, perciò non posso che limitarmi a fare delle supposizioni. Ci siamo viste per strada per caso e ci siamo salutate, niente di più. Se alla prossima lettera staranno ancora insieme cercherò di scoprire qualcosa di più su di lei. Ci sono davvero molte probabilità che sia tua madre.

Io sono stata così impegnata che non ho avuto tempo di pensare a tuo padre e alla sua relazione. Già, il motivo per cui questa lettera è rosa è che...

Mi sono fidanzata!

Yu-huu!

Eunyu, non star lì seduta alla scrivania a pensare a tuo padre e alla sua ragazza e trovati in fretta un fidanzato!

L'amore, ascolta me, è un miracolo. Quando dormi la notte, quando ti svegli al mattino, in qualunque momento il cuore ti batte forte. Tutto il tuo corpo è avvolto da un tepore, come il vento a primavera, quando cominciano a sbocciare i fiori.

Non sapevo che dare e ricevere amore mi avrebbero scaldato così tanto il cuore e resa così felice, e innanzitutto devo ringraziarti per questo. È grazie a te se sono riuscita a trovare un fidanzato.

E sai perché?

Ti ricordi quell'uscita a quattro che ho fatto all'università? Quando mi sono ubriacata marcia e ho detto che dovevo trovare tuo padre, c'era quel ragazzo.

Pensavo che un ragazzo così perfetto non l'avrei mai più incontrato nella mia vita, e mi ero pentita così tanto... Credevo fosse finita lì, ma a quanto pare il destino esiste davvero. Ti ho detto che qualche tempo fa ho trovato lavoro?

Ci siamo incontrati di nuovo lì, lavora nella mia stessa azienda!

All'inizio avrei preferito morire, ovviamente. Avrò pensato almeno cinquantamila volte: "Devo davvero lasciare un'azienda in cui ho fatto così tanta fatica a entrare?". Anche se ho fatto finta di niente era impossibile che non si ricordasse di me, visto quanto avevo bevuto e il casino che avevo combinato.

Proprio come previsto, si ricordava persino il mio nome.

«Ora non bevi più così tanto?»

«Ah... no...»

«Quel ragazzo di cui parlavi, state ancora insieme?»

«Ah... quello... Guarda, c'è stato un malinteso.»

«Vi siete lasciati?»

«No! Anzi, non ci siamo mai nemmeno messi insieme! Non era il mio ragazzo.»

«Ah, capisco. Pensavo lo fosse, dato che avevi detto che dovevi trovarlo.»

«Mi... mi dispiace tanto per quella serata. È che la situazione era un po' complicata.»

Dopo quella volta non abbiamo più tirato fuori il discorso, ma ogni volta che quel ragazzo mi salutava, sorridendo, mi mancava il respiro, e giorno dopo giorno mi chiedevo se non fosse un segno che dovessi lasciare l'azienda.

Poi le preoccupazioni sono sparite.

La scorsa settimana, quando siamo usciti dal lavoro, si è dichiarato.

Devo essergli davvero rimasta impressa quando all'università mi sono ubriacata e ho detto tutte quelle fesserie.

«Ti va di uscire con me?»

Non è un colpo di scena più sconvolgente di quello in *I soliti sospetti*? Gli ho detto di sì! È così gentile, bello, ogni volta che mi guarda mi fa arrossire.

Lo scorso weekend abbiamo avuto il nostro primo appuntamento, volevo essere molto carina, quindi non so quante volte mi sono aggiustata il trucco. Ero così nervosa che non ricordo nemmeno il titolo del film che siamo andati a vedere.

Wow, finalmente la stagione degli amori è arrivata anche per me. Dopo averlo provato, ho finalmente capito: l'amore rende la vita meravigliosa.

26/10/1996
Eunyu, innamorata persa

32

Alla mia amica innamorata

Ciao Eunyu, come stai? Ho finalmente ricevuto la tua lettera.

La tua felicità sprizza da ogni singola parola che hai scritto. Ero preoccupata perché pensavo di averti incasinato la vita, ma sono contenta di sapere che ti sei innamorata.

Ci si sente davvero così quando ci si innamora?

Chissà se è per questo che papà sorride sempre.

Dimmi, quando incontri una persona che ti piace è davvero come se tutto il mondo intorno a te si illuminasse?

Mio padre amava mia madre, no? Quindi anche al tempo sicuramente sorrideva sempre, chissà cos'è successo tra loro. Qualcosa gli ha tolto il sorriso, per sempre.

Avevo deciso di provare a chiedere di te a mio padre, ma le cose sono precipitate e abbiamo litigato pesantemente.

Mi ha chiesto di andare a fare shopping insieme nel weekend. Non ero mai andata a fare shopping con lui, nemmeno una volta. Quando dovevo comprare qualcosa ci andavo con i miei nonni, non mi aveva mai nemmeno sfiorato il pensiero che potessi farlo con lui. Questa dev'essere stata la scintilla che ha acceso un fuoco di rabbia dentro di me. E quello stupido di mio padre non ha fatto altro che buttarci sopra benzina.

«Tra un po' è il suo compleanno e volevo comprarle un regalo, ma non so bene cosa prenderle, quindi ho pensato che se lo scegliamo insieme sicuramente le piacerà» mi ha detto.

Lo sai anche tu, no? Non abbiamo mai festeggiato il mio

compleanno insieme, non gli piacciono le torte e nemmeno la *miyeokguk*.* Ogni anno tutto quello che faccio è mangiare la *miyeokguk* a casa dei miei nonni, e basta, e lui ha il coraggio di chiedere A ME di andare insieme a comprare un regalo PER LEI?

Sentendogli dire quelle cose, la fiamma dentro di me ha iniziato piano piano a crescere.

«Questo weekend non vai a lavorare?»

«Sai, siccome è il suo compleanno…»

Ero così arrabbiata che non volevo ascoltare nemmeno una parola di più.

«Appunto, quindi probabilmente questo fine settimana non andrai a lavorare, vero?»

«Ecco, vedi…»

«Pensavo che fossi così pieno di lavoro da non poter stare a casa nemmeno un giorno. Da piccola quando ti ho chiesto di portarmi una volta al luna park tu sei andato a lavorare. Non sei mai stato con me al mio compleanno, nemmeno una volta. I miei amici mi hanno sempre chiesto perché stessi sempre con i miei nonni e se fossi anche orfana di padre oltre che di madre. Non c'eri mai, nemmeno quando mi chiudevo in camera e piangevo, da sola. Non c'eri mai. Quindi ora perché fai così? Perché per lei ci sei, e per me no?»

Ho urlato come una pazza, come se mi avesse morso una tarantola, poi sono scappata via.

Ora ti sto scrivendo da casa dei miei nonni. Papà mi ha chiamato ma non gli ho risposto, ho persino minacciato mia nonna.

«Nonna, di' a papà di non azzardarsi a venire qui. Se viene, giuro che scappo e vado in un posto dove nessuno mi potrà più trovare. Non voglio nemmeno sentire la sua voce.»

Lei mi ha chiesto cosa diavolo fosse successo, ma non ho fiatato, non volevo far preoccupare i miei nonni, però…

* Zuppa di alghe e carne di manzo che secondo la tradizione viene mangiata il giorno del proprio compleanno. (*NdT*)

È come se qualcuno avesse passato una mano di vernice nera sul mio umore. Se non ci fossi, magari anche la vita di mio padre sarebbe tutta illuminata di rosa; forse sono io che ho reso la sua vita buia. Non importa quanto un colore sia chiaro o brillante, se ci passi sopra una mano di nero lo copri completamente, no? Alla fine anche mio padre si è stancato di me.

Forse sarebbe stato meglio se non fossi mai nata, mi sembra di rovinare sempre tutto.

Eunyu, smetti di cercare mia madre, ormai non mi interessa più. Tanto, anche se dovessi trovarla, non potrei incontrarla, non potrei parlarle nemmeno una volta, quindi...

Ci sarà un motivo per cui mio padre non mi dice nulla di lei, no?

Preferisco non sapere niente, come adesso, e limitarmi a immaginarmela soltanto. Mi sa che è meglio così.

9/8/2016
Eunyu

33
A Eunyu

Ciao Eunyu, come ti senti?

Nessuna lettera mi ha mai fatto sentire più dispiaciuta di essere lontana da te come questa. Se fossi stata lì al tuo fianco avrei imprecato e ti avrei abbracciata.

So che non pensi davvero le cose che mi hai scritto, eri arrabbiata e le hai sputate fuori così d'impulso sul momento. Probabilmente ora ti starai già pentendo di averle scritte, e all'idea sento una fitta al cuore.

È naturale che ti sia arrabbiata con tuo padre, anche io mi sarei messa a gridare come una pazza. Sta facendo per quella là tutte le cose che non ha mai fatto per te, solo a pensarci mi viene una rabbia… Hyeoncheol, ma perché non capisci cosa prova tua figlia?

Quando ci siamo scritte per la prima volta avevo solo dieci anni, ma ne è passato di tempo, e ora ne ho ventisei.

Invecchiare ha lati positivi e negativi: quando sei piccolo ti fa piacere, dato che diventare più grande significa avvicinarsi sempre di più all'essere un adulto. Quando sei adulto, ti spaventa perché ti rendi conto che devi assumerti le tue responsabilità.

Ultimamente mi chiedo spesso se tutto quello che mi sia rimasto sia semplicemente invecchiare.

Ma fortunatamente ci sono anche lati positivi. Per esempio, riesci a capire meglio i sentimenti e le emozioni altrui. Penso proprio che gli anni della crescita siano una specie di periodo di allenamento alla comprensione dei sentimenti degli altri.

Come posso dire… non so se mi sto spiegando bene.

Insomma, quello che intendo è che, così come capisco te, capisco un po' anche tuo padre. Non fraintendermi, non sto dicendo che ha fatto bene, semplicemente capisco un po' ciò che prova.

Gli dispiace per tutto il tempo che non ti ha dedicato, quindi si sta sforzando di cambiare, e mi sa che è per quello che vuole stare insieme a te.

Perlomeno, lo Hyeoncheol che conosco io non calpesterebbe mai di proposito i sentimenti della propria figlia, né la farebbe soffrire così.

Prima, mentre stavo tornando a casa, ho visto una ragazza delle superiori che piangeva in un parco giochi, mi ha ricordato te e quanto stai soffrendo, non ho potuto fare finta di niente.

Così mi sono seduta vicino a lei e le ho offerto una tazza di caffè. Mi ha detto di avere diciassette anni, e che suo padre aveva appena scoperto di essere stato licenziato dall'azienda in cui lavorava.

Le aziende chiudono i battenti e licenziano tutti, così le famiglie, che dipendono esclusivamente dall'uomo di casa, si sfasciano, i figli piangono e ai genitori si spezza il cuore.

Sento una fitta al petto ogni volta che al telegiornale parlano di un capofamiglia che si è suicidato perché non riusciva più ad andare avanti dopo essere stato licenziato.

Siamo in piena crisi economica, sai?*

In tutto il paese la situazione è catastrofica, è tutto un casino, come se qualcuno ci avesse messo dentro un frullatore.

Le persone sono talmente in difficoltà che ormai non penso più di poter dire che i miei problemi mi preoccupano "da morire". Ultimamente, questa espressione non si può usare troppo alla leggera.

Sai, anche io sono stata licenziata. L'azienda era in difficoltà, e ovviamente hanno fatto fuori prima le donne.

* Tra il 1997 e il 1998 una forte crisi finanziaria ha colpito vari paesi dell'Asia Orientale, tra cui la Corea del Sud. (*NdT*)

I miei erano così contenti che avessi trovato un lavoro e potessi finalmente vivere come una persona normale. *Bah*, non so proprio che dire.

Uff.

Non ce la faccio più.

Non penso di poter continuare a vivere come un'adulta.

A dirti la verità mi sento proprio una merda! Vorrei poter vomitare e liberarmi di tutto questo umore schifoso che ho dentro.

Ma perché non possiamo vivere felici? Perché dobbiamo essere continuamente perseguitati dalla sfiga più nera?

Sono un ammasso informe e avvilito. Basta un nonnulla e mi viene una depressione allucinante.

Mi sono anche lasciata col mio fidanzato. Lo amavo da impazzire, ma perché di colpo è venuto e mi ha detto che quello che provava non era amore? Perché? Pensi che abbia almeno cercato di inventarsi delle scuse mentre mi lasciava? Ha detto che gli sembrava che io avessi cose più importanti di lui a cui pensare. Ma inventati una scusa, no? Piuttosto dimmi che, siccome sono stata licenziata non mi vuoi più vedere, no? Piuttosto dimmi che la tua donna ideale è una che ha ambizione, almeno ora non sarei così furiosa.

Bastardo! Stronzo!

Uff.

Be', mi sento un pochino meglio, ora.

Adesso dico così, ma la scorsa settimana, quando la disperazione mi ha colpito di colpo come un tifone, mi sono chiusa in camera e ho pianto in continuazione, chiedendomi cosa vivessi a fare.

Sai chi è che mi ha confortato in quel momento?

Tuo padre, Song Hyeoncheol.

«Se l'azienda fosse stata davvero in difficoltà non avrebbe lasciato andare una in gamba come te. Lo rimpiangeranno a lungo, vedrai. Ehi, dai, non piangere. Già sei brutta così di tuo, se piangi diventi ancora più brutta… Non lo sai che sei più carina quando sorridi? Non starai mica piangendo per un ragazzo, vero? È quello stronzo che dovrebbe piangere per averti scaricato, non tu.»

Il conforto più grande l'ho ricevuto da lui quando siamo andati a bere insieme.

Mi ha detto che mi avrebbe portato a casa se mi fossi ubriacata e di non preoccuparmi, e che potevo bere quanto volevo. Non sai quanto gli sia grata.

Ormai è sicuro, puoi smetterla di pensare che tuo padre abbia fatto qualcosa a tua madre. Tuo padre è davvero una brava persona.

Garantisco io.

Non arrenderti, siamo a uno sputo dal traguardo: che fai, getti la spugna?

Ah, per tua informazione tuo padre e quella ragazza molto carina non si sono ancora lasciati, le cose stanno andando molto bene tra loro.

18/2/1998
La tua amica depressa

34
Alla mia tenera Eunyu

Ciao! Sono ancora io! Quanto tempo è passato dall'ultima volta che ti ho scritto? Vorrei che le lettere arrivassero più in fretta. Adesso si intravede la fine, sai?

Parlo di tua madre. L'ho finalmente incontrata!

Si chiama Jeong Dajeong. Il nome è carino proprio come lei. Tuo padre si è deciso a presentarmi la fidanzata che ha nascosto per tutto questo tempo. Persino quando ci incrociavamo per caso per strada se la portava via di corsa. Significa che ora è sicuro dei sentimenti che prova per lei, no?

Anch'io ho fatto le mie verifiche, ovviamente.

«Dajeong, pensi di avere un figlio con Hyeoncheol, un domani?» le ho chiesto.

A questa domanda, a cui tutte reagivano con terrore, lei ha riso pacatamente. Non ha detto niente di che, ma quel sorriso mi è sembrato proprio una risposta positiva. Sono sicura che sia tua madre, ed è proprio una brava ragazza, una ragazza molto affidabile, davvero.

Mentre Hyeoncheol era in brodo di giuggiole, la depressione mi opprimeva come un macigno. Prima che il macigno mi tirasse giù in un abisso ancora più profondo gli ho telefonato. Chissà perché non ho nessun altro oltre a tuo padre a cui telefonare… Quando sono giù di morale la prima persona che mi viene in mente è lui.

Ma quel maledetto mi ha detto che era impegnato. Gli ho

chiesto che cosa stesse facendo e mi ha detto che, boh, stava andando a bere qualcosa con Dajeong.

Sai quanto mi piace l'alcol, no? E ha il coraggio di andare a bere senza chiamarmi?

Siccome ha la fidanzata non ha più bisogno degli amici, a quanto pare. Che infame.

Non pensavo fosse così, ma è proprio un infame senza lealtà.

Gli ho detto che potevano pure andare soli soletti, ma più ci pensavo più mi sembrava proprio una questione di lealtà, di lealtà, dico! Non ce l'ho fatta a sopportare oltre e mi sono accollata anche io. Sarò pure sembrata ridicola, ma non mi interessa: dopotutto, con tuo padre ormai siamo amici da anni.

E poi se, dopo quella serata alcolica tu fossi nata prima del previsto? Devi nascere nel 2002, no?

Ah, sì, sto bevendo anche ora mentre ti sto scrivendo. Potrei definirla "scrittura in stato di ebbrezza". Ti prego, sopportami, anche se in questo momento ti sembrerò patetica.

Dato che dopo essere stata licenziata sto sempre a casa, non c'è niente di meglio che un bicchierino. Quando nascerai, io, che nel frattempo sarò diventata ricca, ti comprerò un sacco di cose. Dolce cucciolotta.

Chiamami zia.

Comunque, chissà se nel mondo in cui vivi tu io sarò ancora amica di Hyeoncheol. Oppure chissà se nel 2002, siccome sarò diventata ricca, taglierò i ponti con lui. Le persone cambiano idea in continuazione, no?

Aspetta un attimo, a pensarci bene il fatto che abbiamo lo stesso nome non è una coincidenza. Non sarà mica che l'ho scelto io il tuo nome? Magari una volta diventata ricca ho prestato dei soldi a tuo padre e in cambio gli ho chiesto di metterti il mio nome, una cosa del genere.

Mmh.

Ma che stupidaggini sto dicendo?

Comunque, tua madre è una brava persona, tuo padre anche. Ok? Non so per quale motivo ti abbia tenuto nascosto tutto quello che riguarda tua madre, ma spero non sia successo nulla di brutto a quei due.

Ah, giusto. Quella sera mentre bevevamo mi è venuto in mente che mi avevi detto che non avevi nemmeno una foto di tua mamma e che la cosa ti faceva soffrire. Quindi sono corsa in un negozio a comprare una macchina fotografica usa e getta.

Le foto le ho sviluppate proprio oggi.

Quella a sinistra con il bicchiere in mano sono io e quella proprio a fianco a me è tua madre.

Com'è? Carina, vero?

Il carattere è ancora meglio: quel dannato di Hyeoncheol sa scegliersele proprio bene, le ragazze.

27/3/1998
Alla mia adorata nipotina

35
A Eunyu

Eunyu, leggendo la tua lettera, anzi persino ora che ti sto scrivendo la risposta, mi tremano le mani, la bocca mi si è completamente seccata e il cuore mi batte all'impazzata.

Ho fissato a lungo la foto che mi hai mandato.

C'è qualcosa che non quadra, Eunyu.

Altrimenti come si spiega che nella foto che mi hai mandato c'è quella là? Sì, parlo proprio di QUELLA, la donna con cui mio padre sta per sposarsi.

No, non può essere così, vero? Come fa a essere mia madre?

Mi sembra di impazzire. Tutti quei discorsi strani che ha fatto mi rimbombano nella testa. Quando mi ha detto che alla fine le avrei voluto bene e che non avrei dovuto fare cose di cui poi mi sarei pentita, e perfino quando mi ha parlato delle lettere. Cosa avrà voluto dire?

Però, Eunyu, tutto questo non ha senso, non trovi? Se fosse davvero mia madre, perché tenerla nascosta finora? E perché sposarsi di nuovo con mio padre?

Come se non bastasse, né mio padre né lei mi rispondono al telefono. Mi manca l'aria e mi sento morire.

Un attimo fa lei mi ha richiamato, si è spaventata quando ha visto le decine di chiamate perse.

«Sei mia madre?» le ho chiesto.

«Ti sei finalmente decisa ad accogliermi? Hai fatto più in fretta di quanto pensassi. Dovrei dirti che mi sento onorata, forse? Però non chiedermi di comportarmi da madre già da adesso, voglio godermi ancora un po' la libertà, almeno fino al giorno del matrimonio.»

«Non scherzare e parla chiaro. Sei davvero tu la mia madre biologica?»

Probabilmente mi tremava la voce, e lei dev'essersene accorta. Per un po' è rimasta in silenzio.

«È successo qualcosa?»

«No, voglio solo sapere la verità.»

«Resta dove sei, vengo lì. Parliamo di persona.»

Eunyu, ha detto che sta venendo qui.

Mi sto avvicinando sempre di più a un mondo a cui finora non avevo mai avuto accesso.

Quel mondo mi sta aspettando, ma nel frattempo non so cosa fare. È come se tutto fosse sottosopra: è tutto un caos, e non ho idea di cosa cercare o da dove partire.

Eunyu, tu sei quella di sempre, vero?

E io sono sempre tua amica, vero?

Ti scriverò ancora.

17/9/2016

La tua amica Eunyu

36
Alla mia amica di sempre

Eunyu, vorrei chiederti come stai ma mi sembra inutile. Hai parlato con quella là? Mentre leggevo la tua lettera mi tremavano le gambe. Se io mi sono sentita così, per te dev'essere stato mille volte peggio.

Non so che cosa stia succedendo. Davvero Dajeong e la donna con cui si sta per sposare tuo padre sono la stessa persona? Non è che è una che le somiglia?

È davvero molto strano, lei e Hyeoncheol sembrano essere molto affiatati.

Ma se Dajeong non è tua madre, allora chi diavolo è la tua madre biologica?

No, non può essere. Anzi, ammettiamo che lei sia la tua madre biologica, ma allora perché tenere nascosta la verità?

Per quanto provi a spremermi le meningi, non riesco a trovare una risposta.

Hai detto che quella è la regina della mediocrità e che è addirittura piuttosto arrogante, ma Dajeong è una persona completamente diversa.

Ma no, non può essere. Devi esserti sbagliata, no?

L'ansia mi sta uccidendo, spero che la tua risposta arrivi in fretta.

21/4/1999
Eunyu, dal passato

37

A Eunyu, che starà morendo dalla curiosità

Ciao, Eunyu.

Immagino con che curiosità starai leggendo ora la mia lettera. Avrei dovuto risponderti subito, ma cerca di comprendermi se te l'ho mandata solo ora.

Dopo che quella se n'è andata avevo una confusione tale in testa che ho avuto bisogno di un po' di tempo.

Come ti ho scritto l'ultima volta, lei è venuta da me e ha spalancato la porta di quel mondo che mi era sempre stato inaccessibile. Nel frattempo il mio cuore batteva all'impazzata.

«A partire da adesso puoi rispondere dettagliatamente a quello che ti chiederò, per favore?»

«Prima dimmi cos'è successo.»

«Non è successo niente.»

«Ne sei proprio sicura?»

Mi guardava con occhi severi, come se fosse assolutamente determinata a scoprire cosa ci fosse sotto, ma io ero ugualmente decisa.

«Voglio solo sapere di più sulla mia madre biologica.»

«Vai avanti.»

«Tu ti chiami Jeong Dajeong, giusto?»

«Però, adesso sei addirittura interessata al mio nome. Quale onore.»

Ero davvero esasperata. Persino in un momento come quello faceva giri di parole senza mai andare al punto, non la sopportavo più. Non volevo che mi confondesse di nuovo e che il discorso finisse ancora una volta sul vago.

«Non potresti semplicemente rispondermi? Ti ho chiesto se questo è il tuo nome.»

«Assomigli davvero tanto a tua madre.»

«Tu… conoscevi mia madre?»

«Certo, ma non te ne parlerò.»

Quando ha detto così ho creduto davvero di impazzire. Mi sembrava che tutti mi stessero prendendo in giro. Insomma, quella mi aveva appena detto che aveva conosciuto mia madre ma che non era disposta a dirmi niente, no?

«Non sei ancora pronta, come potrei parlartene?»

Ogni volta che chiedevo di mia madre mi rispondevano tutti sempre così. "Quando sarà ora", "un po' più in là", "quando sarai un po' più grande", e a quanto pare non sono pronta nemmeno adesso. Gli adulti sono piuttosto bravi a inventarsi scuse, eh?

«Ma per quanto ancora devo prepararmi? E in che modo dovrei prepararmi, solo per saperne di più sulla mia vera madre?»

«Be', inizia col cambiare prospettiva e prova a pensare che il mondo non gira intorno a te.»

«Cosa vorresti dire?»

«Il mondo non gira assolutamente intorno a te, sei solo un granello di polvere su questo pianeta.»

«Cosa?»

Gli adulti dicono sempre che dobbiamo uscire e spaccare il mondo, no? E quella mi viene a dire che sono un granello di polvere, nemmeno un individuo che vive su questo pianeta, ma solo un misero granello di polvere.

Riesci a immaginare come mi sia sentita in quel momento?

«Non essere egoista e prova a metterti nei panni degli altri. Va bene, tu vuoi sapere di più su tua madre, ma cosa pensi che abbia fatto tuo padre durante tutto questo tempo? Se lui e i tuoi nonni hanno deciso di dirti le cose a poco a poco avranno avuto le loro ragioni, no?»

Mi sono sentita strana, come se le parole non riuscissero a entrarmi nelle orecchie ma ci fluttuassero attorno.

«Aspetta ancora un po'. Tuo padre, per dirti tutto, ha aspettato quindici anni e si è preparato per un anno intero.»

Non sono riuscita a chiederle nient'altro. La sua espressione mi faceva paura, e ho realizzato che aveva ragione, non ero ancora pronta.

Così, ho deciso di aspettare. Che venga a sapere le cose da te o da mio padre, alla fine le scoprirò comunque. Non voglio essere precipitosa.

Invece ho deciso di provare a cercare te. Nel mondo in cui vivo io esiste una cosa chiamata "social media", e se scrivi il nome di qualcuno lì sopra ti escono la sua foto e le informazioni personali. Se li usi anche tu non sarà difficile trovarti. Certo, dato che ci sono un sacco di persone con il nostro stesso nome all'inizio non sarà facile, ma continuerò a tentare. Se, una volta diventata ricca, non troncherai il rapporto con mio padre e non ti rifarai completamente la faccia, ti troverò in un attimo. Ora ho anche una tua foto, no?

L'altra volta ero troppo sconvolta dall'immagine di quella e non sono riuscita a dirtelo, ma mi ha fatto troppo piacere vedere il tuo viso per la prima volta, è come se mi sentissi più legata a te. Dopo averti visto in foto il desiderio di incontrarti di persona è diventato ancora più forte.

Ah, giusto, le cose con papà sono migliorate. Certo, è ancora tutto un po' imbarazzante, ma se miglioreranno ancora un po' proverò a chiedergli di te.

Un po' di tempo fa, mentre ero lì, papà è venuto a cercarmi a casa dei nonni. Avevo detto di non volerlo più vedere, ma mi sa che non lo pensavo davvero: l'ho capito proprio in quel momento, quando è venuto a cercarmi. In realtà temevo davvero che non sarebbe mai venuto e che non avrebbe mai più voluto vedermi.

Ha detto che purtroppo, anche se vorrebbe, non è un padre perfetto, ed è consapevole di aver creato questo malinteso ma non sa bene come risolvere la situazione. Ha detto che sarebbe voluto venire a riprendermi subito, ma che ci ha messo tanto perché era spaventato, perché pensava che avrei preferito morire piuttosto che guardarlo in faccia e che non avrei mai più voluto vederlo.

Ha detto che ha tirato fuori la storia del compleanno di quella perché temeva che non sarei andata con lui a fare shopping. Chissà, magari ci aveva rimuginato su per giorni prima di inventarsi quell'uscita. Ha detto che non avrebbe mai immaginato che le cose sarebbero andate così.

Che strano, pensavo che papà mi stesse allontanando da lui, ma non credevo che anche lui pensasse la stessa cosa di me. Anche lui dev'essere stato molto in ansia, per paura di essere respinto.

«Volevo comprare... questo... assieme» ha borbottato dandomi una busta.

Dato che era la prima volta che ricevevo un regalo da mio padre, sono rimasta piuttosto perplessa. Però, oddio, sai cosa c'era dentro? Un reggiseno! Non un reggiseno sportivo, ma uno di quelli con le spalline! Non hai idea di quanto fossi sorpresa, ho chiuso di colpo la scatola e mi sembrava che mi stesse per esplodere la faccia. Anche papà è arrossito e si è schiarito la gola.

Urgh.

Solo al pensiero mi sento morire. In quella situazione imbarazzante c'è stata una sola persona che mi è venuta in mente. Non sapevo se dirlo o meno, ma alla fine l'ho detto con nonchalance.

«Ringraziala da parte mia.»

Eunyu, parlare a cuore aperto con le persone fa davvero bene. Mostrarsi trasparenti, cristallini. Chissà se io e papà riusciremo ad avvicinarci, a non fraintenderci, a non dubitare l'uno dell'altra, senza la paura di odiarci.

Come si fa a comprendere i sentimenti altrui? Tu lo sai, Eunyu?

Aspetto la tua risposta.

1/11/2016
Eunyu

P.S. Ah, già, volevo già parlartene prima: la lettera che mi hai mandato è arrivata un po' sbiadita, come se l'avessi scritta con una penna quasi scarica. Prova a usare una penna diversa, la prossima volta.

38
Alla mia amica del futuro

Rullo di tamburi!

Siamo finalmente nel 2000! È iniziato un nuovo millennio, è un momento storico.

Incredibile, è arrivato il 2000. Ora i nostri mondi sono molto più vicini, e non manca molto al giorno in cui ci incontreremo, vero?

Be', alla fine l'arrivo del nuovo millennio non è niente di speciale. Io ho già ventotto anni, I miei amici si sono quasi tutti sposati o stanno per farlo, ma a parte questo è sempre tutto uguale.

Non so se te lo ricordi, ma da piccola credevo che il mondo sarebbe finito nel 1999, quindi non so, mi sento come se fossi nata di nuovo.

Leggere la tua lettera mi ha riempita di gioia! Sei stata grande, amica mia. Visto? Ti avevo detto che tuo padre non è una cattiva persona, no? Hai fatto davvero bene a parlargli a cuore aperto.

Sei proprio cara, Eunyu.

E soprattutto tuo padre ti dirà tutto su tua madre, che sollievo. Anche se non te ne rendi conto, sei stata molto fortunata a nascere in un mondo completamente diverso. Non importa che persona fosse tua madre o cosa sia successo tra lei e tuo padre, non devi fare altro che accettare la verità.

Se ci pensi troppo, ti verrà una gran confusione in testa. Non arrovellarti sulla questione, vedila in maniera semplice. Più semplice la vedi, meglio è.

Comunque, Hyeoncheol e Dajeong si sposano, no? Be', non

si può sapere cos'ha in serbo in futuro, ma se Dajeong ti tratta male dimmelo, la vado a cercare immediatamente e le do una bella scrollata.

Ora ti racconto un po' di me.

Quel giorno storico in cui siamo passati dal 1999 al 2000 ero sola a casa e stavo mangiando dei calamari mentre guardavo la tv (ovviamente stavo anche bevendo una birra). I miei sono andati a vedere l'alba per i fatti loro.

Penso che d'ora in avanti mi ritroverò più spesso sola a casa. Mia sorella si è sposata con un tedesco e si è trasferita in Germania, sai? Non sa nemmeno parlare la lingua, chissà come ha fatto quando ha conosciuto i suoceri. Se ci pensi, dire che ci si mette insieme perché ci si capisce è una palla. Anche se non ci si capisce, se ci si innamora, ci si innamora e basta.

I miei stanno pensando di andare in Germania a breve, mia sorella ha avuto un bambino e ha chiesto una mano a mia madre finché il bimbo non sarà un po' più grande. Ma mia madre non può certo andare da sola fino là, quindi mio padre ha deciso di accompagnarla.

Non sono ancora rimasta completamente sola, ma stare lì in camera senza alcun appuntamento con nessuno mi rende un po' triste. Chissà perché sono sempre sola. Il mese scorso ho conosciuto un ragazzo, mi chiedo cos'è che non gli piacesse di me, dato che mi ha rifiutata. Era uno un po' sfigato: mi ha detto che non gli piaceva che parlassi sempre del futuro, e che non sono normale. Pensa te, poi non ne parlo così spesso. E poi bisogna vivere guardando al futuro, no? È positivo essere proiettati in avanti.

Comunque, quel giorno in cui annaspavo nella fanghiglia della mia depressione, tuo padre è venuto in mio soccorso. A pensarci bene Hyeoncheol è sempre lì al mio fianco quando ne ho bisogno.

«Lo sapevo, anche in un bel giorno come questo sei qui sola e triste.»

«E tu, allora? Perché in un bel giorno come questo non sei con Dajeong?»

Ha fatto spallucce e ha bevuto uno shot di *soju*. Sentivo che c'era qualcosa che non andava.

«Non avrete mica litigato?»

«Macché.»

«Ho capito, avete litigato. Litighi con la fidanzata e scappi a casa della tua amica? Be', complimenti, ben fatto. Ecco perché la tua futura figlia non ti sopporterà.»

«Ancora questi discorsi assurdi. Sei proprio fuori di testa, sei sempre stata così. Sapevi chi sarebbe diventato presidente degli Stati Uniti anche quando non erano ancora usciti i nomi dei candidati, parlavi di una certa casella della posta lenta che c'è nel futuro. Sii sincera, ti manca qualche rotella?»

Così ha detto. Ma pensa, tu crei il problema e te la prendi inutilmente con me? Insomma, ho dovuto fargli vedere quanto fossi brava a tirare scappellotti.

Abbiamo bevuto un sacco di alcol e in piazza, in mezzo alla folla, ci siamo goduti l'ultimo giorno del 1999. Già che eravamo lì, abbiamo deciso di non tornare a casa e di vedere la prima alba del nuovo millennio.

Ero curiosa di vedere quanto speciale sarebbe stato il sole del 2000, mi stavo divertendo così tanto che non volevo proprio tornare a casa.

Allo scoccare della mezzanotte abbiamo comprato delle stelline da cento *won* e le abbiamo agitate per aria. C'era una specie di parete su cui potevi appiccicare dei bigliettini con i tuoi desideri, e io ho sinceramente pregato per la tua felicità e quella di Hyeoncheol, anche se sul margine ho scritto piccolo piccolo "fai che anche io mi sposi".

Non so che cosa abbia scritto tuo padre, quando gliel'ho chiesto mi ha dato una risposta strana.

«Se il mio desiderio si realizzerà o meno, dipende da te.»

Be', effettivamente è ovvio che il suo desiderio dipenda da me, a pensarci bene. Vorrà che non mi immischi tra lui e Dajeong o una roba del genere, no?

Quel giorno sono stata proprio bene. Ovunque andassimo c'era un'atmosfera di festa, anche tuo padre sembrava molto contento.

«Ah, se solo potessimo bere *soju* tutto l'anno... al pensiero di dover tornare al lavoro mi viene male» ha detto.

«Suvvia, signore, metta da parte le preoccupazioni e pensi a divertirsi, dai.»

Volevo spassarmela così fino all'alba, brilla al punto giusto, circondata dalle risate della gente. Anzi, in realtà volevo che quel momento durasse per sempre.

Sono convinta che anche tuo padre si sentisse così.

«Ehi, Cho Eunyu.»

«Dimmi.»

«Sono contento di essere qui, così, con te.»

Davvero, è stato proprio un bel momento felice. A essere sincera tuo padre era piuttosto carino, quella sera. Sì, non è niente male il caro Hyeoncheol, anzi è proprio un ragazzo straordinario. Puoi considerarti fortunata di essere sua figlia, davvero. Fidati di me, Hyeoncheol è davvero una brava persona.

Wow, adesso mancano solo due anni ai Mondiali, sono elettrizzata! E sarà anche l'anno in cui nascerai tu e la mia vita cambierà grazie al lotto, *yu-huu*!

Ah già, ho fatto come mi hai chiesto e ho cambiato penna. Com'è, si vede meglio? Che strano però, quando l'ho mandata ero sicura di aver scritto chiaramente e che fosse tutto ben visibile, chissà perché è sbiadita.

1/2/2000

Eunyu, appena entrata nel nuovo millennio

39
A Eunyu

Eunyu! Auguri per essere arrivata anche tu nel Ventunesimo secolo!

Ora mancano solo due anni e i mondi in cui viviamo combaceranno, vero?

Dato che nel tuo mondo il tempo scorre più velocemente rispetto a quello in cui vivo io, chissà: magari per quando ti sarà arrivata questa lettera ci saremo già incontrate.

Dato che sarò una neonata ti sembrerà assurdo vedermi così piccola e goffa.

È davvero incredibile. **Come si creano i legami tra le persone?**

Noi non ci conoscevamo per niente, ma dopo che hai trovato mio padre sei addirittura diventata in qualche modo sua amica intima, no?

E così sei entrata nel mio mondo…

Ultimamente sto esplorando i social tutti i giorni per trovarti. Persino adesso che internet è avanzato molto è difficile rintracciarti, non so proprio come tu abbia fatto a trovare mio padre sapendo solo il nome e avendo solo una foto. Sei stata davvero straordinaria.

Ah, giusto, una notizia assurda.

Mi è arrivata una lettera da mio padre.

Ti ricordi? Quando ci siamo scritte per la prima volta ti ho parlato di una casella della posta lenta. Mi sa che è stato allora che papà mi ha scritto e mandato questa lettera.

La busta è piuttosto spessa, deve aver avuto tante cose da dirmi. Se penso che qui dentro c'è tutto quello che devo sapere su mia madre mi sento strana. Una volta aperta la busta ogni segreto su di lei sarà finalmente svelato, ma non voglio farlo, non ancora. Prima scrivo a te, poi mi preparo ancora un po' psicologicamente, e infine la leggerò.

Non so se te l'ho detto, ma il rapporto tra me e mio padre è piuttosto buono, ora.

Siamo andati sulle montagne russe, a fare shopping e al cinema. All'inizio era imbarazzante da morire, mi sembrava di essere con un estraneo, non con mio padre, però dopo un po' di volte mi ci sono abituata. Mi ha parlato di quando ero piccola e persino di mia madre, senza che io glielo avessi chiesto!

Ha detto che era molto carina.

Mi ha fatto davvero piacere che mi abbia parlato di lei. Mi aspettavo che mi dicesse di più ma non l'ha fatto, mi ha solo detto che gli dispiaceva di non avermene parlato prima.

Mi ha detto che gli dispiace per tutto.

Eunyu, papà mi ha detto che gli dispiace e si è scusato, eppure, non so perché, ma sono triste. Chissà come mai sento questo magone. Ho davvero odiato mio padre, eppure vederlo così sofferente in quel momento è stata una fitta al cuore.

Per andare più d'accordo con lui, come mi hai suggerito tu, gli dirò del mio piano di andare a vivere per conto mio. Se si oppone, rimanderò il tutto, ma ovviamente il motivo per cui si oppone dovrà essere convincente.

Oggi, quando torna a casa, proverò a chiedergli di te, tanto mi sa che in qualche modo tra poco ci incontreremo.

Per quanto riguarda l'andare d'accordo con quella, be', mi sa che devo pensarci ancora un po'. È sempre molto lontana dall'idea di madre che ho sempre avuto. Tra poco si sposerà, e non so come faccia a essere così sprovveduta.

Pensa che cucina peggio di mio padre, che non si è mai nemmeno preso una volta il disturbo di cucinare! Una volta è venuta a casa nostra senza preavviso e ha cominciato a lamentarsi che aveva fame e ho dovuto cucinarle IO il *ramyeon*!

Le ho chiesto come facesse a non saper cucinare il *ramyeon* alla sua età e lei, sfacciata, mi ha risposto così: «Quando ero giovane studiavo per diventare poliziotta, e quando lo sono diventata ho dovuto lottare con i ragazzi sbandati che ci sono in giro, quindi ero sempre così impegnata che non avevo nemmeno il tempo per mangiarlo, il *ramyeon*».

«Quanti saranno mai 'sti ragazzi sbandati? Se devi inventarti delle scuse almeno inventale bene.»

«Tu sei proprio diffidente di natura, eh?»

Dio mio, Eunyu, ti giuro che ha detto proprio così, che sono diffidente *di natura*. Secondo te sono stata zitta? Ovviamente no.

«Com'è possibile che una che non sa nemmeno farsi il *ramyeon* si sposi con mio padre? Qualcosa non quadra.»

«All'inizio eravamo solo amici, ci siamo rivisti dopo tutto questo tempo per una questione di lavoro. Per me era semplicemente lavoro, nient'altro.»

Poi mi ha raccontato come si sono conosciuti. E pensare che aveva detto che non poteva dirmi nulla della sua vita privata.

Sinceramente non ero particolarmente curiosa di saperlo, ma la storia si è rivelata piuttosto toccante.

Mi ha raccontato che si sono conosciuti ai tempi dell'università e che è per quello che ha conosciuto anche mia madre. Non so come mai tu abbia pensato che lei fosse mia madre, ma mi ha detto che all'epoca non si sono frequentati in quel senso, nella maniera più assoluta.

Mi ha anche promesso che se, dopo aver letto la lettera di mio padre, dovessi avere delle domande su mia madre, lei mi dirà tutto. A pensarci bene, non è poi così male come persona.

Lei e mio padre si sono incontrati di nuovo a uno sportello di *counseling* per adolescenti. Generalmente il supporto psicologico è indirizzato ai ragazzi, ma mio padre ha chiesto se non potessero fare un'eccezione e offrirlo anche ai genitori.

Le ha detto che aveva una figlia, e che siccome era sempre occupato per via del lavoro non riusciva a prendersene cura come si deve, che voleva riavvicinarsi a lei ma che non sapeva come fare.

Lei gli ha offerto supporto telefonico, poi un giorno mio padre è andato a cercarla alla stazione di polizia e, quando l'ha vista, ha scoperto che era la sua amica di un tempo. Lei mi ha spiegato che la prima volta che è venuta a casa nostra si è comportata con così tanta nonchalance perché vedeva mio padre semplicemente come un amico.

Mi ha anche detto che quando si vedevano, lui parlava sempre di me. Eunyu ha fatto questo, Eunyu ha fatto quello, non so come comportarmi quando fa così. Era sempre preoccupato.

Un giorno le ha parlato di mia madre, e di come volesse parlarmene ma non sapesse da dove cominciare; di come, dopo aver rimandato un giorno, poi due, a un certo punto ci fossimo allontanati troppo.

Lei mi ha raccontato che la casella della posta lenta è stata una sua idea. Gli ha detto di spedirmi una lettera e, nel frattempo, di fare il possibile per riavvicinarsi a me.

Ecco perché aveva menzionato la lettera, quella volta. Mi ha chiesto se non fosse un'idea geniale e si è lodata da sola.

Io non lo sapevo, ed è per questo che avevo frainteso e avevo capito che lei avesse sbirciato le nostre lettere.

«Cosa volevi dire, quella volta? Quando hai detto che alla fine ti avrei voluto bene?»

Era così sicura di sé che pensavo ci fosse qualcosa di più che non sapessi. Sai cosa mi ha detto?

«I ragazzi che scappano di casa e ne vedono di tutti i colori all'inizio ringhiano come cani rabbiosi, ma una volta conquistati dal mio fascino, non hanno scampo. Alla fine io piaccio a tutti, anche a te ormai, no?»

Be', sicuramente l'autostima non le manca. Comunque, è davvero una tipa strana.

L'ho ascoltata a lungo, poi improvvisamente mi è tornato in mente quello che mi aveva detto mio padre, il fatto che siccome era padre per la prima volta era curioso di sapere che cosa passasse per la testa delle ragazze della mia età.

Quella volta gli avevo risposto, stizzita, che così come era la sua prima volta come genitore, era anche la mia prima volta come figlia.

Papà ci stava mettendo impegno, solo io non l'avevo capito, come una stupida...

Sai, Eunyu, pensavo che io e mio padre fossimo allo stesso livello. Entrambi, su lati opposti, abbiamo iniziato a correrci incontro, ma io a un certo punto ho smesso di correre e ho iniziato a lamentarmi: perché lui non corre più veloce? Perché è ancora così lontano?

Non ho fatto altro che lagnarmi, ma sono stata io a fermarmi, e per questo papà ha dovuto correre di più. Anche se la distanza era aumentata di molto, non si è mai lamentato, ha sempre tenuto lo sguardo su di me, in silenzio.

Hai proprio ragione, amica mia.

Mio padre è davvero una brava persona, e posso davvero dire di essere fortunata a essere sua figlia.

Mi sento così sollevata.

Sei stata tu a farmelo capire, e per questo te ne sarò per sempre grata.

Eunyu, ultimamente mi vengono dei pensieri strani. Ogni volta le tue lettere ci mettono un po' di più ad arrivare, e a poco a poco sbiadiscono sempre di più. Mi viene l'ansia.

Questa volta la tua lettera era sfocata come se qualcuno l'avesse cancellata con la gomma. Ho dovuto strizzare gli occhi per riuscire a leggerla.

I nostri mondi si stanno pian piano avvicinando, eppure, chissà perché, le tue lettere sono sempre più sbiadite.

Eunyu, sei ancora lì, vero?

4/1/2017
Sempre molto grata,
Eunyu

40
A mia figlia

Eunyu.

Sono papà. Sei molto sorpresa, vero?

A pensarci bene non ti ho mai scritto una lettera prima d'ora anche se tu, fin da quando eri una bimbetta, me ne hai scritte diverse.

Ricordo ancora la prima: su un cartoncino giallo, il tuo preferito, hai scritto, con una grafia un po' incerta, "ti voglio bene". Non sai quanto a lungo sono rimaste scolpite nel mio cuore quelle parole. Sono proprio stato un cattivo papà, non sono nemmeno riuscito a risponderti a quella lettera scritta con quelle manine così piccole.

Non so perché ogni volta che ti guardavo provassi così tanta paura. Posso immaginare come ti sia sentita vedendo il tuo stesso padre avere paura di te, ma nonostante ne fossi consapevole ho fatto finta di niente. Mi dispiace tanto.

Pur sapendo quanto ti mancava tua madre, quand'eri piccola non sono mai riuscito a dirti nulla, ma non l'ho fatto perché ti odiassi o perché volessi privarti di lei.

Ho voluto rimandare questo momento il più a lungo possibile. Pensavo: "Devi dirglielo, stavolta devi proprio dirglielo", ma poi, quando ti guardavo, tu che assomigli così tanto alla mamma, mi mancava il coraggio.

Non so bene da dove o come incominciare. Durante tutti questi anni mi sono immaginato tante volte questo momento, e ora che finalmente è arrivato la mia mente è come una pagina vuota.

Io e tua madre eravamo amici, e lo siamo diventati dopo esserci conosciuti in un modo un po' particolare. Già, la tua mamma era una persona speciale, proprio come te.

Quando ero insieme a lei ero sempre felice, perché lei riusciva a rendere felici tutte le persone che le stavano intorno.

Era una persona così buona che c'è stato un periodo in cui pensavo che dovesse stare con un ragazzo migliore di me, ma poi ho capito che non avrei mai potuto lasciarla andare.

Lo ricordo come se fosse ieri. Il primo giorno del nuovo millennio ho scritto di nascosto sul foglietto che desideravo sposare tua madre. All'epoca non ero ancora sicuro di essere la persona giusta per lei, ma ero convinto di poterla rendere la persona più felice del mondo.

Forse mi sono sopravvalutato, magari perché quando ero con lei mi sentivo la persona più felice del mondo. Già... vedendo come non sono riuscito a proteggerla direi proprio che mi sono sopravvalutato.

Ricordo ancora il giorno in cui sei arrivata tu.

Quando abbiamo saputo che eri dentro la pancia della mamma, lei mi ha preso la mano e mi ha guardato con l'espressione più felice che una persona possa mai avere e mi ha detto: «Congratulazioni, sarai un padre in gamba».

Ha scelto le varie cose per i neonati e ha fatto tutti i preparativi per l'arrivo di una femminuccia. Le ho chiesto cosa avremmo fatto se fosse nato un maschietto e ho provato a farla ragionare, ma lei ha scosso la testa: era sicura che avremmo avuto una bellissima bambina, non è incredibile?

Diceva sempre che era così felice di portarti in grembo e di vedere la sua pancia crescere piano piano. Abbiamo festeggiato, ballato e tutti hanno riso così tanto. Sono stati giorni immensamente felici.

È stata la tua mamma a scegliere il tuo nome.

Eunyu.

Porti il suo stesso nome, lei diceva che così sarebbe riuscita a trovarti ovunque fossi e in qualunque momento.

Ci immaginavamo noi tre seduti in salotto a guardare la tv o a mangiare qualcosa tutti insieme; il giorno in cui avresti mosso i tuoi primi passi; quello in cui avresti cominciato a leggere; e anche la tua adolescenza, quando saresti diventata una ragazza un po' ribelle.

Ci immaginavamo il giorno in cui tu, luce dei nostri occhi, avresti portato a casa la persona che amavi; il giorno in cui avresti percorso la navata in abito da sposa.

Eunyu, non sono mai riuscito a immaginarmi nemmeno un giorno senza tua madre.

Sarà per quello, forse, che il tempo passato da solo è stato doloroso quasi al punto da essere insopportabile.

Sono stato a lungo all'oscuro del fatto che tua madre avesse il cancro. Vedevo che piano piano perdeva peso e dimagriva, ma pensavo che fosse semplicemente per via delle nausee della gravidanza. Sono una persona orribile, non mi sono nemmeno reso conto che la persona che amavo stava morendo, sono colpevole e non ho alcun diritto di dirti niente.

Quando sono venuto a sapere che tua madre non mi aveva detto apposta del cancro mi sono sentito ancora più spregevole. Chissà quanto spregevole e inaffidabile devo esserle sembrato, dato che ha deciso di soffrire in silenzio.

In seguito, mi hanno detto che se avesse iniziato la terapia avrebbe perso la bambina. Tua madre non poteva rinunciare a te e aveva deciso di sopportare tutto quel dolore.

In un primo momento ho provato rancore verso di lei, mi chiedevo perché mi avesse reso una persona così orribile, perché non lasciasse che la persona che la amava più di ogni altra cosa si prendesse cura di lei, perché non mi stesse dando nemmeno l'opportunità di condividere con lei tutta quella sofferenza.

Successivamente, il rancore si è trasformato in senso di colpa. Mi vergognavo tantissimo di non aver capito che qualcosa non andava, nonostante avessi visto che tua madre stava dimagrendo e non riusciva nemmeno a mangiare.

Non dimenticherò mai le parole del dottore, quando ci ha detto che per essere operata tua madre avrebbe dovuto fare la chemioterapia, quelle parole crudeli, quando ha detto che per la chemioterapia tua madre avrebbe dovuto scegliere tra se stessa e te. Giorno dopo giorno ho pianto, urlato e pregato, chiedevo di essere preso al posto suo, o che mi venissero strappate braccia e gambe, piuttosto.

Dovevo convincere tua madre.

Le ho detto che, una volta guarita, avremmo potuto avere un altro bambino. Ma persino allora, quando il tumore la stava divorando, la tua mamma non ha esitato nemmeno per un attimo.

L'ultimo giorno di vita di tua madre è stato il giorno in cui sei nata tu. Il tuo orribile padre non è riuscito nemmeno a gioire per la tua nascita. Ho persino pensato, crudelmente, che fossi nata portandotela via. Il giorno del tuo compleanno, puntualmente, pensavo a lei. Per questo non sono riuscito nemmeno una volta a festeggiarlo con te come si deve. Me ne pento amaramente.

Quand'eri piccola, quando venivi da me e prendevi le mie mani con le tue manine e mi guardavi negli occhi, in quei momenti pensavo che tua madre avesse fatto proprio la scelta giusta, perché eri splendida, bella come il sole.

La prima volta che mi hai chiamato papà, il giorno in cui hai mosso i tuoi primi passi, quando hai imparato ad andare in bicicletta e il tuo primo giorno di scuola, per me sono stati tutti giorni felici e tristi allo stesso tempo. Se ci fosse stata la mamma chissà come sarebbe stata contenta, pensavo, avrebbe reso quei giorni speciali. Quando mi venivano quei pensieri non riuscivo a essere completamente felice, perché mi sentivo in colpa verso di lei.

Più o meno quando hai cominciato a camminare, mentre ti stavo portando da qualche parte in macchina abbiamo avuto un incidente. Quell'incidente ha lasciato una cicatrice sulla tua fronticina e il terrore nel mio cuore. All'epoca pensavo che fosse tutta colpa mia, avevo il terrore di non essere in grado di proteggere nemmeno te.

Il terrore che provavo era grande quando la mancanza e il senso di colpa che sentivo per tua madre. Quel senso di colpa che sentivo per non essere riuscito a proteggerla ci ha allontanati.

Eunyu.

Non sono mai riuscito a chiamarti per nome quanto avrei voluto, perché ogni volta che lo facevo mi veniva in mente la tua mamma. Mi spaventava vederti crescere, mi spaventavano le tue domande su di lei, mi spaventava vederti ogni giorno assomigliarle sempre di più.

Temevo anche che la paura, il dolore e persino il senso di colpa che provavo li potessi provare anche tu, e che potessi addirittura fartene una colpa. Per quello sono rimasto in silenzio e ti ho tenuto all'oscuro di tutto. Pensavo che l'ignoranza sarebbe stata meglio della sofferenza.

Però, Eunyu, io sono sempre stato al tuo fianco. Quando ti vedevo un po' giù, al lavoro non riuscivo a concludere niente per tutto il giorno. Volevo correre subito a casa e abbracciarti, ma non ci sono mai riuscito. Mi sembrava che se ti avessi anche solo preso per mano saresti sparita, proprio come tua madre.

Ho aspettato che crescessi un po' di più. Mi sono detto, aspettiamo che sia un po' più grande, solo un po', così potrà capire il mio dolore e attribuire il giusto rispetto alla scelta di sua madre.

E così, sono passati quindici anni.

Quando ho realizzato quanto stupido fosse il mio modo di pensare avevi già lasciato la mia mano e stavi crescendo da sola, e non sapevo nemmeno come fare a riavvicinarmi a te.

Ti ho tolto la tua mamma, la tua famiglia da parte di lei e ti ho lasciata da sola, sono stato davvero un padre orribile. I tuoi nonni, che vivono in Germania, dicono che vogliono tanto conoscerti. Durante tutti questi anni hanno mandato un sacco di lettere per sapere di te. Hanno detto che se ti va, quando vorrai, verranno a trovarti. Quando ti senti pronta, glielo farò sapere. Ti vogliono bene e ci tengono tanto a te.

La mia cucciola... Se avessi saputo tutto questo quand'eri piccola, il tuo cuoricino si sarebbe spezzato, per questo non sono riuscito a dirti nulla. Forse sto solo cercando scuse per aver nascosto scrupolosamente tutti gli oggetti e i ricordi di tua madre.

Ho tirato fuori tutte le sue cose per la prima volta in quindici anni. All'epoca, siccome non ero ancora pronto a lasciarla andare, non sono riuscito nemmeno a sistemarle come si deve. All'interno del suo diario ho trovato una lettera che non avevo mai visto prima, sopra c'è scritto PER EUNYU, quindi penso che tua madre volesse mandartela.

Fino al suo ultimo respiro, la tua mamma non ti ha mai lasciato.

Cara Eunyu, io sono sempre stato al tuo fianco, pensavo che fosse la cosa migliore che potessi fare. Che stupido. Mi dispiace di non essere stato un buon padre, mi dispiace di essere stato un codardo e di averti tenuto all'oscuro di tutto.

So che è troppo tardi per chiedere scusa, ma con questa lettera vorrei bussare alle porte del tuo cuore, con la speranza che prima o poi tu me le apra.

2/1/2016
Attraverso la casella della posta lenta,
papà

41

Lettera non inviata

A Eunyu

Ciao, Eunyu. Come stai?

Da un po' di tempo a questa parte le tue lettere hanno smesso di arrivare. Ho aspettato e aspettato così a lungo, alla fine è già passato così tanto tempo.

Di recente ho tirato fuori tutte le tue lettere e le sto rileggendo. Chissà perché non ho pensato che, così come sono arrivate all'improvviso un giorno, così avrebbero anche potuto smettere di arrivare. Se l'avessi saputo ti avrei scritto più spesso.

Non è che ti è successo qualcosa, vero? Stai bene? È sempre tutto a posto, no? Sei sicura?

Troppe domande mi sa, ma cerca di capirmi. Ci sono migliaia di cose che vorrei chiederti, mi sono trattenuta con difficoltà.

Ci sono così tante cose che vorrei dirti, ma mi sa che questa sarà la mia ultima lettera. La situazione è un po' complicata.

Ripenso alla tua ultima lettera, eri un po' contenta e un po' preoccupata, e ti stavi preparando psicologicamente per leggere la lettera di tuo padre.

Anch'io sono un po' preoccupata. Hyeoncheol non è poi così bravo a scrivere e non so se ti abbia spiegato le cose per bene. Ma qualunque cosa ci sia scritta, una cosa è certa: tu sei la ragazza più speciale del mondo.

Ricordo il giorno in cui è arrivata la tua prima lettera. Una cosa proprio strana, no? Anche adesso, se ci ripenso, non riesco a credere che ci sia capitata una cosa del genere.

Continuavano ad accadere cose assurde… Chissà, forse non

me ne sono mai veramente accorta. Forse abbiamo continuato a vivere dando per scontato tutti quei miracoli che ci sono capitati.

Stare con la propria figlia, mangiare tutti insieme, piangere, ridere, sono tutte cose normali, di routine, che però per qualcuno sono piccoli miracoli. È solo che noi non ce ne accorgiamo.

Per me è stato lo stesso, perché anche io, quando ho capito di provare qualcosa per Hyeoncheol e quando sei arrivata tu nelle nostre vite, ero così ubriaca di felicità che non mi sono resa conto che quello che stava succedendo era un miracolo.

Eunyu, il dottore mi ha detto che non sto molto bene.

Sono molte le cose che rimpiango. Perché non ti ho riconosciuta? Come mi sarebbe piaciuto averlo capito prima.

All'inizio ero disperata, non capivo perché mi stesse capitando una cosa del genere. Non capivo cosa avessi fatto di male per meritarmi questo. Magari è perché ho sempre odiato me stessa? O perché non ti ho ascoltata e ho continuato a bere tanto? "Ci sono tante persone cattive in questo mondo che continuano a vivere tranquillamente, allora perché a me, perché proprio a me sta succedendo questo?" pensavo.

Non sapevo neanche con chi prendermela, ero piena di rancore e rimpianti. Ma dopo aver trascorso parecchi giorni così, mi sei venuta in mente tu.

Mia cara Eunyu.

Adorata figlia mia che mi stai aspettando in quel futuro così lontano.

Non ce l'ho più fatta a essere triste, temevo che la mia tristezza potesse raggiungerti, perché ogni volta che ti muovevi, più volte al giorno, sentivo che dentro di me c'era una vita.

È stato solo allora che ho capito. I pezzi del puzzle, che prima erano tutti mischiati, stavano finalmente andando al loro posto.

Ho capito il motivo per cui la tua lettera ha attraversato il tempo ed è arrivata fino a me.

Il tempo dei nostri rispettivi mondi, tutti quegli istanti, si sono uniti con una forza immensa per farci entrare in connessione.

È proprio incredibile. E io gliene sono così grata.

Anche se dovessi andarmene senza riuscire a vederti, non devi soffrire né essere troppo triste, perché ci siamo già incontrate una volta, e quel miracolo ci ha unite per sempre.

Non rimpiango minimamente la mia scelta, perché so già che nel futuro stai crescendo benissimo, che hai persone meravigliose al tuo fianco e che hai bellissimi sogni nel cassetto. È un peccato che non possa vedere tutto ciò con i miei occhi, ma le lettere che mi hai mandato mi danno la forza per andare avanti.

Eunyu, non odiare troppo tuo padre, ti prego. Si sarà comportato così perché ha sofferto molto anche lui. Lo sai, è più debole di quanto sembri. Non esiste persona al mondo che ti ami quanto ti ama lui. Quando sei arrivata era così felice che sembrava potesse toccare il cielo con un dito. Non soffrire da sola, appoggiati a lui. Qualunque cosa succeda, lui si prenderà cura di te.

Se dovessi mai ricevere questa lettera, potresti dirgli che mi dispiace? Mi dispiace davvero tanto di averlo lasciato solo. Volevo essere la sua migliore amica, quella con cui avrebbe potuto bere *soju* per tutta la vita, ma non ho potuto. Digli che mi dispiace tanto.

Eunyu, figlia, amica, mio unico sogno che avevo per il futuro.

Invece di pregare e chiedere di farmi vivere un po' di più, ringrazierò il cielo per questo dono che ci ha fatto conoscere.

Sono grata di averti potuto tenere stretta a me, anche se solo nella pancia, grata di averti potuta incontrare, grata di aver potuto sapere che mia figlia stava crescendo piena di bellissimi sogni.

Anche se non ci siamo potute conoscere come madre e figlia, ci siamo incontrate in molti altri modi, e di questo sono profondamente grata.

Pregherò così, e se dovesse rimanere un po' di tempo, se mi dovesse venir concesso un pochino di tempo in più… allora chiederò di poter vedere il tuo viso anche solo per una volta.

Se potessi vederti anche solo per un momento, sarei pienamente soddisfatta.

E poi verrò da te.

Quando ti succederà qualcosa di bello mi trasformerò nel vento e ti scompiglierò i capelli, quando sarai triste mi trasformerò in lacrime e ti accarezzerò il viso.

Il tuo primo giorno di scuola, il giorno in cui passerai un esame difficile, quello in cui litigherai con un'amica, quando sarai triste o felice, io sarò sempre con te.

La tua mamma sarà sempre al tuo fianco, proprio come ha sempre fatto finora.

E così come ha fatto questa lettera,
attraverserò il tempo e verrò da te.

16/11/2002
Da un posto molto tranquillo,
la tua mamma

Lettera dell'autrice

A tutti voi,

Come state? Qui di colpo ha iniziato a fare freddo. Quando ho cominciato a scrivere questa storia era primavera e c'era un bel tepore, il tempo è davvero volato. Il tempo è invidioso, quando succede qualcosa di bello passa in un attimo.

All'inizio volevo scrivere la storia di una famiglia. Chissà perché, anche se la odiamo, ci fa preoccupare; anche se sembra che non ci interessi minimamente, riesce comunque a toccare il nostro cuore? Se non fosse arrivata Eunyu probabilmente starei ancora cercando la risposta.

Ricordo ancora il giorno in cui è arrivata. Camminava da sola, borbottando qualcosa, e mi è passata accanto. Dietro di lei c'era suo padre che cercava di starle dietro. Non so se avessero litigato, ma non hanno scambiato una parola. Hanno continuato a camminare tenendo una certa distanza l'uno dall'altra. In quel momento mi sono accorta di una cosa, ovvero che entrambi guardavano in direzioni diverse. Chissà se anche Eunyu se n'era accorta. Mentre lei guardava in lontananza, suo padre guardava le sue spalle.

La storia, che è iniziata così, è finalmente giunta alla conclusione. Sono tante le persone che mi hanno aiutato durante la stesura.

Mi inchino e mando un cuoricino ♥ ai membri della giuria e alla casa editrice Munhakdongne, che sono stati la cassetta della posta magica attraverso cui questo libro è potuto arrivare ai miei lettori. Infine ringrazio la mia famiglia, il miracolo della mia vita.

Grazie per aver letto il libro fino alla fine. Statemi bene.

Gennaio 2018
Lee Kkoch-nim

Certificato PEFC
Questo prodotto è realizzato con materia prima da foreste gestite in maniera sostenibile e da fonti controllate
PEFC/18-32-03
www.pefc.it

Mondadori Libri S.p.A.

Questo volume è stato stampato
su carta HOLMEN
con fibra vergine proveniente da foreste sostenibili holmen.com/paper
presso ELCOGRAF S.p.A.
Stabilimento - Cles (TN)

Stampato in Italia - Printed in Italy